W0321030

Les filles bleues de l'été

Mikella Nicol

Les filles bleues de l'été

© Mikella Nicol et Le Cheval d'août, 2014
© Éditions du Seuil, 2022, pour l'édition française
Publié par l'intermédiaire de Milena Ascione-BOOKSAGENT – France
www.booksagent.fr
Photographie issue de la série *Sasha* © Claudine Doury/Agence VU'

Le Nouvel Attila
127 avenue Parmentier
75011 Paris
www.lenouvelattila.fr

Je vais prendre mon chagrin et l'étaler parmi les racines des hêtres. Je vais l'examiner de près, et le prendre entre mes doigts. Ils ne me trouveront pas. Je mangerai des noix, et je chercherai des œufs sous les ronces, et mes cheveux s'emmêleront, et je dormirai sous les haies, buvant l'eau des mares, et je mourrai là.

Virginia Woolf, *Les Vagues*

Je m'appelle Clara et je veux qu'on entende dans mon prénom les éclats de cet été, tombés sur le sol gelé. Que mon nom sonne comme un brise-glace dans la stérilité de l'hiver qui s'en vient.

Je ne peux pas pardonner aux jours d'avoir retrouvé leur captivité. Nous avions réussi à fuir la séquence, mais on nous a prises par la nuque pour nous déposer dans le courant. La vie est redevenue une rivière triste qui charrie nos morceaux de banquise. Le temps n'a plus le droit de s'arrêter pour qu'on le regarde dans les yeux. Le soir vient maintenant au milieu de l'après-midi, symptôme de l'hiver qui tranche le monde. Les gens sortent, rentrent. Du fond de mon lit, je le sens, ce mouvement qui emporte mes amis, les hommes, mes parents. D'un même geste, nous restons vivants, réguliers.

Il ne faut jamais s'inquiéter.

Je passe des journées la tête dans les cauchemars. Quand vient la nuit, je prends racine dans des sols qui ne me ressemblent pas. Les grandes cages, les rendez-vous, dire oui et dire non, la bouche en forme de gouffre. Et dire merci, plus que nécessaire, dire merci à mes geôliers. Dans les rêves, je ne peux plus bouger, malgré le haut de mon corps qui veut aller par le vent. Je me réveille lorsque le soleil est déjà couché. Une petite honte me monte à la gorge : on nous a inculqué que chaque jour sert à construire le prochain, et moi je perds mon temps.

L'automne s'est installé pour de bon.

Il faut ramener les souvenirs de l'été. Ceux de l'homme qui a enterré mon souffle dans l'humus. Quand je ferme les yeux, je peux voir nos mots d'amour, épines au sol, trempées d'une eau verte. J'entends encore le bruit de la course du lièvre sur les feuilles tombées par terre. Nos feuilles. Dans ma tête, je suis encore les chemins de cailloux, je le cherche derrière les troncs où grimpent nos bras de lichen ; nos bras vers le ciel. Je suis les bêtes qui courent et les oiseaux gris sur les branches de mousse grise. Dans ma tête, je peux recomposer les matins de brouillard passés dans notre forêt. Je traverse la clairière où il a écrasé les foins. Je respire nos odeurs sur les pierres, les limaces sous les grandes pierres. Je le cherche dans notre forêt.

Ce qu'il y aura au bout de mes souvenirs sera mort. Je le sais. Du bois pourri dans la mer. Celui que j'aimais mettra le feu dans ce que nous avions. Et ce sera beau, dans la nuit, notre feu. Quand j'arriverai au bout de mes souvenirs, il reprendra sa laine sur mon dos, et nous briserons les brindilles avec nos bottes, jusqu'au chalet. Il partira avec ses histoires, et les grandes chaleurs dans ses sourires iront dormir ailleurs.

Je m'appelle Clara, je suis épuisée de chagrin.

Je suis lourde de haine.

Je m'appelle Chloé et j'aimerais que mon nom, prononcé à voix haute, rouvre les cicatrices. Qu'il rappelle l'haleine de la saison perdue.

Le soir est tombé sur moi comme un bloc. Je me suis laissé prendre de force. La campagne a agi comme une pause sur mes peurs, un souffle de plus pour alimenter les fournaises de nos corps. La plus belle saison de notre vie, au fond de la forêt la plus chaude que j'aie connue. Mais ce n'était qu'un répit. Aujourd'hui, les gens se sont mis en mouvement. Ils mènent l'existence que l'on voulait qu'ils mènent. De mon lit, j'ai senti ce temps morne porter mes amis, les femmes, mes parents.

Cet été, j'avais découvert ce qu'était vivre : avec mes membres de filaments fragiles, ma peau de muqueuses minces, mes organes au tissu délicat. J'avais pu sentir mon corps pour la première fois, à travers ces fenêtres toujours ouvertes qu'étaient mes sens.

Les gens ont vécu et le monde n'a pas changé (il ne changera pas), mais nous, nous avons pris une décision.

Clara et moi, nous retournerons dans l'été.

Le ciel orange de la ville m'a lancé son froid sur la tête, première neige. La guerre a été déclarée ce matin. Pourtant, ça demeure gravé sur mes yeux : le lac vert, les heures de paresse à pointer de grands rapaces dans le ciel, la route bordée de sapins. Le chalet. Le chant des criquets, le rat musqué qui nous a fait sortir de l'eau en courant, les feuilles et les fleurs qui flottaient à la surface, et la pluie. C'est né et mort en deux mois à peine. Nous revenons de si loin.

Il faut m'accrocher à ces souvenirs d'eau claire. L'été comme une étreinte, une paix nouvelle. J'étais retournée à la terre pour remporter ce combat que je menais contre moi-même. Sur cette terre d'enfance, il n'y avait pas de blessures. La folie s'y est étendue pour me laisser l'éventrer avec mes ongles pleins de terre noire. J'étais bien. Dans la nature, j'ai pris le dessus, le chemin de la guérison, et maintenant je m'égare sur celui du quotidien.

Nous avons pris une décision.

Clara et moi retournerons dans la forêt, la plus chaude que nous ayons jamais connue.

1

Quand nous sommes parties, Chloé venait tout juste de sortir de la clinique où on enferme celles qui se veulent du mal. Une petite communauté d'enchaînées à leurs peurs : sans savoir, j'imaginais de longues femmes traînant les pieds sur un plancher blanc. Mais elle n'était pas folle, comme la rumeur s'amusait à le raconter. Chloé s'était seulement perdue un instant. Elle était belle, avec ses grands yeux vifs et ses cheveux foncés, quelque chose d'un petit animal. C'était mon idée, qu'on vive ensemble, qu'on aille là-bas, elle pour croître avec les autres tiges, moi pour la regarder. J'avais réussi à joindre ses parents par téléphone, dans notre village natal. Ils m'ont envoyé les clés du chalet par la poste.

Le chalet de notre enfance. Cet endroit nous avait vues grandir. Sur cette terre, mon amie reprendrait de la force. Du temps à rattraper : avec les braises du passé, faire un feu grand comme le ciel.

Je suis allée chercher Chloé à sa maison de repos. La dernière fois que je l'avais vue hors de cet endroit, c'était il y a trois mois. Dans la voiture, j'y repensais encore, étranglée par cette image : mon amie maigre comme le son de la pluie, les yeux rivés sur le vide, à des années-lumière d'ici. Ce n'était plus ma Chloé, celle-ci faisait peur. Il fallait toujours un certain temps pour que ma voix parvienne jusqu'au fond de son angoisse. Peu de temps avant son hospitalisation, je lui avais demandé pourquoi elle se faisait autant de mal. Chloé avait juste voulu faire passer les douleurs de son crâne à sa peau. Elle croyait que ce serait plus facile.

J'avais cru bon d'alerter ses parents. Comme une trahison, pourtant il le fallait. Elle ne m'en avait pas voulu. Ils l'avaient fait admettre dans cette clinique spécialisée. Comme ils étaient loin, c'est moi qui avais dû l'y conduire. Au début du printemps dernier, je l'avais donc enlevée à sa vie.

Nous avions traversé la ville dans ma voiture jusqu'au petit bâtiment. Sur le panneau rose planté dans la pelouse, on voyait une femme debout au cœur d'une fleur de lotus. Un jeu de mots portait à croire que celles qui entraient ici en ressortaient changées. Trois mois sans le regard doux de Chloé pour m'accompagner dans mes labyrinthes de cèdre et d'amour, mais maintenant, je m'en venais la chercher. À l'heure convenue, elle est sortie de la maison basse avec un sac sur la poitrine. Elle a plissé les yeux, comme si elle n'avait pas vu la lumière depuis longtemps, peut-être même jamais. Je pouvais bien voir qu'il lui restait du trouble dans la tête, mais je n'ai rien dit. Je voulais l'amener dans l'été.

Quand la voiture s'est éloignée, Chloé a regardé la clinique se fondre au loin. Nous avions des mois à nous dire, pourtant nous ne disions rien. Ses yeux étaient lourds de fatigue. Je lui ai pris la main. Au téléphone, ses parents lui avaient expliqué l'idée du chalet en articulant beaucoup, comme on parle aux morts. La mère de Chloé hésitait lorsqu'il venait le temps de dire « maladie », qu'elle remplaçait par « condition ». Dans la voiture, tout bas, étouffée par la musique et le climatiseur, je lui ai parlé de notre fuite. Je lui ai décrit mon plan à moi, et le lac qui scintillerait sous nos yeux.

Quelque chose a remué sous son corset imaginaire.

Dans la voiture, j'ai reconnu cette agitation qui était sienne depuis l'enfance. J'ai compris que Clara avait besoin de se sauver, elle aussi. Devant la tristesse, elle répondait par la violence. Clara ne jouait pas son propre anéantissement comme je le faisais. Elle était grande malgré sa petite taille, grande de colère. Et sa chaleur, ses mains agitées, sa voix rauque et grelottante me ramenaient toujours à cette image : Clara, en crise, dans la cour d'école. Elle refusait de retourner en classe. Il avait fallu deux surveillantes pour réussir à la maîtriser et à l'escorter au bureau du directeur, tandis qu'elle se débattait, déployant une force insoupçonnée, le visage en feu. Une manche de sa robe avait été arrachée dans la bagarre.

Chaque fois qu'on la faisait esclave – d'un sentiment, d'un lieu, de l'ordre –, sa rage se tournait vers l'extérieur, et l'impatience la saisissait à la poitrine. C'était cette Clara qui se tenait à mes côtés.

La voiture s'est arrêtée au feu rouge. Clara a tourné sa face pâle vers moi, d'un mouvement aussi vif que nos vieilles courses dans les champs. Elle était plus belle que moi, malgré ce regard de rancune qu'elle avait depuis l'abandon.

Après qu'il a été parti, elle m'a raconté leur histoire dans les moindres détails. Plusieurs autres fois, et souvent un peu ivre, les soirs où elle buvait trop de vin. Toute seule dans son petit appartement, assise sur le cadre de la fenêtre du salon, elle m'appelait, à la clinique. Elle disait que le vin l'aidait à oublier, pourtant elle parlait toujours de lui quand elle buvait.

Elle l'avait rencontré au printemps, alors que j'étais déjà loin. C'était un homme un peu triste, un peu vague, que Clara avait tenté de repousser comme on se couvre vainement durant l'orage. Dans le bar, ils s'étaient souri, les visages rougis par la chaleur. Elle avait quitté sa table, où les conversations ne l'intéressaient plus. Lui, il avait laissé le comptoir d'où il l'avait observée, seul. Après avoir ri de leur ennui mutuel, ils s'étaient échappés. Dehors, ils avaient marché toute la nuit, fumant ensemble un paquet de cigarettes entier, saouls et un peu blasés, prenant tous les détours pour retarder l'arrivée chez elle.

Clara avait déjà été avertie qu'il fallait se méfier de ces hommes qui s'embrasent comme de grands oiseaux devant nos yeux, pour nous faire mourir avec eux l'instant d'après. Pourtant elle avait voulu connaître celui qui portait le feu.

Durant ma retraite de folie, j'avais suivi leur histoire, au bout du fil, entre deux séances où on me forçait à expliquer ce qui ne s'explique pas : ces maux dont les racines sont dans la tête, des racines terreuses qui remplacent les idées. Pour que je puisse dormir, elle me racontait l'amour, que je ne connaissais pas. J'écoutais Clara et lui faire leurs jours avec une certaine crainte. J'entendais dans sa voix l'éclat que procure l'éphémère. Mon amie me semblait plus belle que jamais. Puis ce que j'avais pressenti est arrivé.

Après s'être taillé une place dans ce que Clara avait tant de difficulté à offrir, sa chair, il était parti pour retrouver l'autre femme, qui l'avait attendu tout ce temps : la femme cachée.

Il lui avait promis de la sauver de l'ennui. Il était resté un mois pour tout échafauder. Puis, sans un mot, tout démolir, tout changer en mensonge.

Dans la voiture, Clara fixait le côté de mon visage en attente d'une réponse. Nous étions deux peaux vidées. La voiture a repris son mouvement. J'ai hoché doucement la tête. Il fallait partir d'ici.

Après la rencontre de cet homme, je n'ai plus répondu aux appels de mes amis. J'ai quitté ce bar sans me retourner. Il était tout l'inconnu assemblé en un seul grand corps.

Ma vie a changé. Nous vivions dans son monde, dans ses ivresses, avec la drogue au fond de ses poches. Nous ne nous posions jamais : des papillons nocturnes. Nous possédions la noirceur avec nos rires toujours affamés, nous la prenions avec nos mains sales. Quand nous nous couchions dans l'herbe humide, il me montrait les étoiles. Moi, c'est son doigt que je regardais. Je voulais comprendre comment il pouvait y avoir autant d'amour pointé vers le ciel. Nous nous battions contre les jours gris, car l'inactivité nous faisait mal. Des enfants qui redoutaient l'ennui comme un grand chien bleu. Je n'ai jamais rencontré son entourage, personne. C'était comme s'il était apparu dans ce bar, pour venir secouer ma vie. Je ne sais plus où ma méfiance était passée. Elle s'était échappée.

Nous faisions tout sauf dormir. Il m'apprenait à regarder avec de vrais yeux, à respirer avec de vrais poumons, humains, fragiles.

La route du chalet était belle, elle s'est faite sans embûche. C'était facile. En ce premier jour de juillet, le soleil s'élevait du sol de la campagne, de son silence.

J'ai poussé la porte de l'Ermitage. Chloé m'a rejointe avec nos sacs. Nous avons fait quelques pas dans le chalet qui sentait l'enfance et le renfermé. Il y avait des mulots noirs, morts dans les trappes de la cuisine. Nous n'y avons pas vu de signe. J'ai fait le tour des pièces. Je trouvais que rien n'avait changé depuis toutes ces années, sauf la peinture. Je me rappelais les anciennes couleurs. Puis je suis sortie, j'ai marché sur le long terrain. Je suis allée toucher la vieille balançoire construite par le père de Chloé, je suis allée toucher l'eau du lac tapissée du pollen envolé des fleurs, je suis allée toucher l'orée de la forêt. Longtemps, j'ai gardé ma paume contre un arbre. Avant, nous y grimpions. À présent, il était difficile de ne pas nous incliner devant sa grandeur. Notre force résidait encore dans l'enfance, avant que l'on attrape les maladies, la colère et les peurs des grands.

La chaleur des bois avait déjà commencé à voyager de la forêt jusqu'à moi. J'ai entendu les petits pas de Chloé sur l'herbe. Je me suis retournée vers elle en souriant.

Nous étions tellement loin. Ses parents nous laissaient le chalet pour tout juillet et août : il y aurait deux mois hors du monde. Ils seraient pour nous. Le soir, nous avons allumé le feu, sous les étoiles. D'une certaine façon, nous étions convaincues qu'il ne s'éteindrait jamais.

Chloé s'est couchée dans l'herbe, pour faire face au ciel. Elle a respiré : c'est à ce lieu qu'elle appartenait. Le vent, les feuilles, le lac. Les lucioles dorées et les yeux rouges des ratons laveurs comme seules veilleuses dans la nuit noire. Ici, personne ne viendrait nous prendre nos voix, nos cris. Le bruit de l'eau nous berçait doucement.

« Clara, si tu savais comme j'ai été malheureuse », a dit Chloé, après une éternité de silence. Et il n'y avait rien de plus beau, de plus vrai que ce mot, *malheureuse*, prononcé tout bas entre les arbres. Ce mot portait les impuissances de mon amie, expiées lorsqu'elle se pliait en deux pour vomir. Il portait les masques qu'elle mettait pour camoufler ce qu'elle était. Ce mot portait l'image imparfaite qu'elle avait d'elle-même, cette image que nous allions enterrer, ici. Nous enterrerions cette image, vivante.

La balançoire faisait face au lac. Elle avait été construite à l'époque où nos têtes blonde et brune dépassaient à peine des grandes herbes jaunes. Une mousse verte s'était accumulée entre les vignes qui couvraient la structure de bois. Dans les jours qui ont suivi, Chloé est restée assise sur la balançoire durant des heures. Le temps n'était pas pareil, il n'était jamais perdu. Sans bouger, elle regardait le lac. Elle ne se balançait pas. Je pouvais la voir de la cuisine, où je faisais les repas. Et quand je revenais de mes promenades dans la forêt, elle était toujours là. Chloé observait ses mains, ses cuisses, sa poitrine, qu'elle maintenait dans une immobilité que je ne pouvais comprendre. Elle leur répétait qu'elle ne leur ferait plus peur, que les jours seraient plus doux. Sa bouche formulait des promesses qu'elle croyait pouvoir tenir. Son corps frêle, sur la balançoire, au contact du vent, son visage, au contact de l'eau, de la vue de l'eau : tout lui semblait à la fois impossible et infiniment bon.

La vie de Chloé avait toujours été compliquée. Il y avait des compartiments. Ses tentatives de rentrer tout son être dans ces espaces étroits étaient demeurées vaines.

Dans la nature, Chloé était belle. Elle n'avait pas peur. Le ciel était aux étoiles, sa bouche était ouverte sur les champs, le lac était aux caresses sur la peau nue. Les sentiers de la forêt étaient faits de ses errances. Chloé n'avait pas peur. Elle était maigre, mais elle ne se faisait plus mal. Je me rappelais les conseils que l'infirmière m'avait transmis par téléphone, avant que je n'aille la chercher à la clinique. Si je voyais de nouvelles traces rouges gravées dans sa peau comme des ruisseaux vidés par le soleil, si j'entendais les soubresauts de son estomac recracher la nourriture que je lui servais, je devais la ramener en ville. Mais de mettre un terme à l'été était mon pire cauchemar. Alors je suivais chaque geste de mon amie, je la guettais comme on berce un amant. La vie de Chloé était compliquée. Mais au chalet de son enfance, elle serait nécessairement heureuse.

Il y avait cette image : un jour, à la boutique où je travaillais, Marine m'avait retrouvée sans mon masque.

Quand elle avait ouvert la porte de la salle de bain des employés, j'étais recroquevillée dans un coin. Je ne voulais pas bouger. Dans le noir, je ne voulais pas bouger.

Elle avait allumé.

« Chloé, qu'est-ce que tu fais là ? »

Tous les détails : la moisissure noire entre les tuiles du carrelage, les voix étouffées qui venaient du magasin, les traces de doigts dans le miroir, la pince à cheveux coincée entre la cuvette poussiéreuse et le mur. J'aurais voulu qu'elle éteigne la lumière.

« Chloé, qu'est-ce que tu fais là ? »

Marine était allée chercher notre patronne. Elles s'étaient arrêtées ensemble sur le pas de la porte, s'étaient consultées comme si je n'y étais pas. Trouver quoi faire de ce grand corps. Personne ne comprenait pourquoi quelqu'un comme moi pouvait vouloir rester caché, terrifié dans une pièce éteinte, pour se protéger.

« Tu devrais peut-être aller dormir un peu », avait dit ma patronne. Son visage trop beau, trop lisse.

C'étaient des images comme celles-ci que je chassais, assise face à l'eau.

Le premier soir, nous avons couru du chalet jusqu'au lac, nues comme dans les livres. La peau blanche de la belle Clara, illuminée dans la noirceur. Les poils blonds de Clara étaient une torche sur le noir opaque. Moi je me fondais dans la nuit. Clara s'est enfoncée dans l'eau d'un coup. Après le choc, le lac est redevenu étale et j'ai eu peur qu'elle ne remonte jamais à la surface. Mais Clara a bondi hors de l'eau, en criant de joie. Ses seins trop pâles ont sauté. Elle était heureuse, car demain n'attendait rien de nous, et nous n'attendions rien de lui. Je l'observais du bord de l'eau malgré son insistance pour que je mêle mon corps à notre lac. Mais je ne savais pas comment m'animer de mouvements libres comme les siens, laisser le cri sortir de moi, incontrôlable. L'instant était trop beau, de l'extérieur. J'aimais voir les membres pâles de Clara défaits sous l'eau.

Les bêtes de la forêt ont commencé à se faire entendre. Nous sommes rentrées. Le nez à la vitre, nous avons regardé les petites masses sombres descendre des arbres et venir renifler nos odeurs sur les bûches, au bord du feu mourant, et les cœurs de fruits oubliés là. Les cheveux de Clara dégouttaient sur nos pieds nus.

Nous sommes allées dormir à tâtons. Le silence des nuits, en campagne, est rempli des animaux, des murmures de la forêt, du chant du lac. Moi, j'avais passé des nuits avec le bourdonnement que font les murs blancs lorsqu'ils nous observent. J'avais frissonné.

La nuit, la campagne est quelque chose de très grand, qui impose le respect. Dans cette noirceur infatigable, il est impossible de voir venir ce qui nous voudrait du mal. Mais nous n'y pensions pas. Malgré le nombre de chambres, dans l'Ermitage, nous dormions toujours dans le grand lit, ensemble. Il n'y avait nulle part où nous serions plus en sécurité.

Clara se levait avec le soleil. Il lui fallait se mettre en action le plus vite, le plus souvent possible, pour repousser la pensée de son amour enfui. Elle disait qu'à cette heure, la lumière était magnifique. « Le monde devient tout rose puis bleu », aimait-elle me décrire avec sa voix grave. La plupart du temps, elle n'enfilait qu'une grande chemise pour sortir sur la galerie. Elle avait d'abord mis le café sur le feu. Parfois aussi elle ne portait rien du tout.

De la galerie, on pouvait voir tout le terrain : la pelouse, avec au milieu le foyer. La pente qui descendait doucement jusqu'au lac. La balançoire. Le lac, qui s'étendait vers une autre rive, où on apercevait d'autres maisons en bois. De chaque côté de l'Ermitage, il y avait la forêt. C'est une route de terre qui mène hors de toute cette nature. La voiture resterait garée sous un sapin jusqu'à ce qu'une obligation nous force à revenir à la civilisation. Mais Clara savait étirer les provisions.

Durant le jour, il fallait choisir entre la baignade, les promenades en forêt, la lecture ou le sommeil. Il y avait beaucoup de temps. Clara buvait et fumait aussi. Elle était bien. Sur le quai, elle laissait pendre ses pieds dans l'eau. Elle ne frissonnait pas quand les poissons la touchaient.

Ces réveils sans personne pour nous regarder, ces promenades sans personne pour nous voir fondre de plaisir ou de regrets. Ici, je pouvais passer en revue mes souvenirs d'adolescence avec Clara, mon basculement dans le temps, dans la folie. Les journées interminables à l'école secondaire où l'odeur de la transpiration stagnait dans l'air humide. Le bal des finissants où il avait fallu être la plus belle, comme un concours, comme une guerre. Je pouvais ramener à ma guise les images de nos beuveries dans le sous-sol de ma maison vide, toujours vide. Et le chemin parcouru en titubant jusqu'à notre vingtaine, entamée depuis une éternité il me semblait. Ici je pouvais faire revivre les images sans personne pour voir la fièvre sur mon corps malade. Si ma vie s'était entièrement déroulée ici, rien de tout cela ne serait arrivé.

En avril, quand Chloé était arrivée à la clinique blanche, la direction avait dit que tout irait bien. Lorsque ses parents l'avaient appelée dans sa petite chambre partagée, ils avaient dit que tout irait bien. Les infirmières avaient juré que le temps effacerait peu à peu la terreur des matins, l'angoisse cachée dans la nourriture, la haine le long des lignes de sa main. Le premier soir, au téléphone, sa voix avait sonné comme la plainte que poussent les animaux blessés : « Est-ce que tout le monde sait, Clara ? » Mais tout le monde savait. Elle s'était couchée en étoile sur le lit, les paumes vers le ciel blanc. Comment se forment les brèches dans nos cerveaux, et les vertiges ?

Chloé avait dû parler, chaque jour parler avec le personnel de la clinique blanche. Elle les appelait Docteur M. ou Docteur F., chacun occupant une fonction précise. Pour le reste, il n'y avait rien à penser. Comprendre les sons. Arrêter de se faire du mal.

Chloé avait ce visage que l'on a lorsque même le sommeil se détourne de nous. Elle rêvait éveillée, tendue, elle rêvait de l'époque où elle ne sentait pas encore les exigences la coincer dans un étau. Juste là, entre les seins.

Dans notre Ermitage, Chloé avait parfois des crises d'angoisse. Surtout au début de l'été. Elle s'enfermait dans la chambre, elle voulait retomber. C'était plus fort qu'elle, les bourrasques dans son ventre.

Elle se rappelait les crises de l'hiver. Un jour, sous la lumière coupante de la salle de bain de la boutique : trop maigre dans la robe noire, la lumière sur ses bras. Les belles filles, sans voix. « Qu'est-ce que tu fais là, Chloé ? » Cette scène, toujours cette scène, les typhons dans son ventre.

Quand Chloé confondait la noirceur de la nuit avec sa propre souffrance, j'allais la chercher, comme une enfant, et je la traînais jusqu'à moi. Je l'amenais dehors, où l'air circulait mieux. « Regarde la lune, toujours la même. Regarde-la briller. Regarde comme le ciel est le même. » Nous nous asseyions au bord du feu ou sur la galerie pour nous raconter des souvenirs. Chloé avait chaud entre les côtes quand nous parlions d'eux. Les souvenirs ne sont pas les gens : ils ne nous délaissent pas. Ce sont des objets que nous partagions depuis longtemps. Nous nous les passions de mains en mains quand nous n'allions pas. C'était devenu un rituel, le seul auquel j'accepterais de me conformer.

L'important était de faire face au lac, de pouvoir mêler l'humidité de nos yeux à celle de l'eau noire. Il fallait pouvoir y suivre le mouvement de la lune. Et nous racontions des souvenirs heureux, anciens, avec nos voix empoussiérées. Des jours et des jours d'images. Si nous les disions à voix haute, elles seraient éternelles, gravées sur le ciel.

Les souvenirs ne nous délaissent pas comme les gens, ou la force. Nous les chantions, en offrande au lac.

Clara cuisinait pour moi, pour mon nouveau corps, en chantonnant des airs entendus en rêve. Elle coupait les carottes et les radis terreux avec de longs couteaux, les muscles de ses bras saillaient, la sueur apparaissait à la naissance de sa nuque dégagée. Elle continuait à pousser ses jambes jusqu'au cœur de la forêt. Parfois elle parlait à voix haute aux pierres, aux troncs : « Je vis. Je vis. » Elle rapportait de ses promenades des fleurs blanches et des fougères pour en faire un bouquet qu'elle déposait sur notre table. Le soir, lorsque les lucioles s'allumaient au seuil de la forêt, Clara s'asseyait dans la pelouse, fumait une ou deux cigarettes. Le tison rouge montait et descendait lentement. Elle buvait à petites gorgées de l'alcool, et à la fin elle suçait les glaçons.

Clara se disait que peut-être la vie n'est que cela. Peut-être que c'est tout ce qu'elle doit être : des moments de retraite à se faire face, des moments à se saouler les idées pour mieux les retrouver. Être bercée par l'herbe. Elle écrivait des bouts de phrases dans un petit cahier noir, nouvelle trouvaille pour faire passer les heures. Dans la nuit, elle écrivait sans même voir les mots apparaître, parmi les chuchotements des bêtes invisibles. Puis elle rentrait. Elle s'avançait vers moi, le visage chaud, Clara tellement belle. Je l'attendais sur le pas de la porte. Nous allions dormir, ensemble.

Un soir de crise, j'ai délivré mon amie de ses angoisses. Nous avons respiré ensemble jusqu'au plus profond de l'adolescence. Nous avons respiré jusqu'au fond du regard des autres. Je l'ai vue renaître. Chloé a crié avec une voix nouvelle, elle a invoqué les esprits de l'été. Elle a dit : « Nous allons survivre », défiant jusqu'à la haine cachée sous mes reins, et nous avons couru. C'est ce que les enfants font et que nous oublions avec les années : courir. Chloé m'a pris la main et m'a entraînée vers la forêt. Nous ne portions pas de chaussures, nous ne sentions pas le mal. Une force émanait du corps bafoué de mon amie.

Nous courions vite. Il n'y avait pas de limite à nos pas, à notre cœur, à notre souffle, et les égratignures sur nos jambes étaient belles : nous étions de la forêt. Il n'y avait plus de frontière entre nos peaux et celle des arbres, rayées par le vent, la pluie, la lumière de la lune qui mourait sur l'écorce et naissait à nouveau sur les racines. Nous courions. La main de Chloé était ferme. Elle ne cessait de crier : « Nous allons survivre ! Cet été ne s'arrêtera jamais ! »

Crier, comme les enfants, nous oublions trop tôt comment le faire.

Chloé n'était jamais allée aussi loin dans la forêt. Nous sommes arrivées à cette clairière où j'aimais aller pour oublier l'amour. J'ai laissé Chloé marcher dans les herbes. La lune frappait cet endroit comme un phare sur la mer, et le reste était invisible.

Chloé s'est couchée par terre. Je l'ai suivie. Nous avons retiré nos chemises de nuit. Et nous avons ri. « Nous vivons, Clara. Nous vivons tout ce qu'il y a à vivre. » Quelque part, le temps continuait sans nous. Chloé a pensé au tailleur de sa mère, aussi noir que les bois. À la rectitude des belles femmes. Tout ce qu'elle ne serait jamais disparaissait entre les arbrisseaux sombres, comme des serpents qui prennent peur. Ce que Chloé voulait être se profilait entre les étoiles, des petites galaxies qu'on croyait sans nom, des taches claires, des ampoules dans le ciel. Il y avait une place pour Chloé. Son corps nous avait menées loin. Il nous avait soutenues jusqu'ici.

Il l'aimait toujours.

Les corps pardonnent.

Les jours s'enchaînaient, ils sentaient la lumière.

Je n'avais plus peur de mon reflet. J'ai fait face à l'eau avant de plonger. Moi, Chloé, devant ce miroir déformant, avec le bleu infini du ciel derrière moi, comme pour dire qu'il y aurait d'autres jours encore pour être heureuse. Les murs blancs de la clinique me paraissaient loin. J'avais mené un combat plus vaste encore que notre lac. Je m'appelais Chloé et je voulais que mon nom, prononcé à voix haute, rappelle l'haleine de la saison des grandes chaleurs, dans le silence de mon ventre en paix. La maladie n'était plus qu'un fantôme, tout petit.

Nous n'avions pas eu vent de la vraie vie depuis des semaines. Des journées incalculables à ne prononcer qu'une ou deux phrases, mais je consignais chaque pensée, chaque évènement dans mon carnet noir. Il y avait Chloé, il y avait les repas, les muscles, les tendons, le roc, la poussière, les poumons, les éclaircies qui tombaient dans les fenêtres, le cycle du soleil, les voyages de la lune, les cigarettes roulées sur les genoux, il y avait des larmes dans les yeux éblouis et les huards qui chantaient pour briser le rythme. Nous nous avions. La main de Chloé dans la mienne, ses yeux de plus en plus chauds, sa voix de plus en plus forte.

Les semaines ont passé. Le mois de juillet était partout, caniculaire sur nos nudités brunies, prêt à laisser août venir. J'avais survécu aux éclats de mon amour et j'étais forte, j'avais les pieds enracinés dans une terre tranquille. Les hommes ne me toucheraient plus. Et j'écrivais. Et je buvais. Le monde était tout aussi à l'intérieur de moi qu'à l'extérieur. Il circulait, dedans, dehors, dedans.

Lui, il m'avait laissé l'envie de défier la vie qu'on m'avait apprise. Le mode d'emploi pour des nuits d'amour et de sexe. Des plans pour échafauder les moments parfaits, pour tuer la raison. Il m'avait fait croire en ma beauté telle qu'elle se montrait, honnête, sans artifices. Aux taches de rousseur qui se formaient sur ma face blonde, avec le soleil. Il m'avait montré la matière : la chair, les graisses, la fumée, l'abandon.

Pour Chloé et moi, il n'y avait pas de règles. Si nous voulions que l'eau nous baigne des heures durant, si nous voulions laisser les fourmis ronger nos doigts, et si nous voulions boire de l'alcool brûlant sans rien manger, il n'y avait qu'à le faire. Si nous voulions faire cesser le mouvement continuel de nos esprits et simplement nous aimer, il n'y avait qu'à ouvrir les bras et à saisir la brise qui s'élevait de notre lac.

Quand Chloé, mon amie, avait eu besoin de creuser ses sols pour retrouver un peu d'assurance, il y avait eu la forêt dénuée de préjugés pour l'accueillir.

Quand j'avais voulu crier les barrières érigées autour de mon cœur, qui avaient empêché l'homme que j'aimais de coller à moi, il y avait eu le lac pour adoucir ma voix.

Je survivais. J'avais Chloé. J'avais les jours bleus. Je n'avais pas peur.

L'été s'achevait. Nous avons donné une fête. Pourquoi, après ces semaines de solitude, avons-nous décidé de tout bousculer ? Peut-être avions-nous cédé à la pression des amis, laissés derrière, qui enviaient notre retraite sans la comprendre. Nous donnerions une fête, pour rassurer les délaissés et nous-mêmes, se remettre en mouvement, retrouver les bruits des autres. Avec les années, nous avions appris que faire la fête sauvait des questions. Mais cette fois, nous nous étions trompées.

C'est moi qui ai entendu la voiture venir.

En après-midi, bien avant son arrivée, j'ai senti son mouvement sur la route. Je me berçais sur la galerie. Clara dormait dans l'herbe, près du lac. Puis des pas ont vibré sur les cailloux de notre chemin. Il a surgi des bouleaux, son sac de toile sur l'épaule. J'ai su qui il était. Il était beau, de cette beauté qu'on déteste. Je me suis demandé comment il nous avait trouvées, et pourquoi.

Il faisait chaud. Son visage, sous une sueur lourde, affichait le malaise, et de l'ingratitude. Il a posé les yeux sur le corps endormi de Clara, sans défense. La Chloé de la forêt, qui veillait en moi, s'est éveillée : cette version solide de moi-même que j'avais bâtie ici, au pied des arbres. Une colère est née dans ma gorge. J'ai frappé le sol de mes pieds, jusqu'à lui. Moi, Chloé, j'ai fait peur. J'étais capable de ce genre de vagues. Il avait accédé à l'esprit de mon amie, là-bas dans la ville, mais il ne pouvait pas venir lui prendre l'été. Pas ici, sur notre territoire.

J'ai pointé sur lui mon doigt fléché. Il a reculé d'un pas. Quand il a ouvert la bouche, je lui hurlais déjà de nous laisser guérir en paix.

Clara s'est réveillée. Elle s'est relevée très lentement. Elle savait bien que ce qu'elle verrait la ferait basculer pour de bon.

Il était là. Il se tenait là, étranger. Je le sentais, dans mon dos, près de Chloé. Face à l'eau, mes yeux sont devenus humides. J'ai pensé courir me jeter dans le lac, ou prendre la barque et ne plus revenir.

Je me suis retournée. Il était là.

Il était venu m'emprisonner dans l'amour qui blesse.

Sa bouche articulerait des excuses floues, des excuses de pleine lune. Il déposerait la tempête contre mes os.

Clara et lui se sont mis à marcher l'un vers l'autre, pour se rejoindre au milieu du terrain. Ils parlaient bas, je ne pouvais pas les entendre.

J'ai fait demi-tour, j'ai marché sur le chemin qui menait à la route. Je voulais savoir qui avait orchestré les déplacements de l'homme, comment il était parvenu à nous. La voiture n'y était plus. Seulement la route, la grande, et je me suis rappelé que bientôt il faudrait la reprendre pour de bon. Mon regard s'est buté sur cette route.

Il était convenu qu'à la fin de cet été, je réintégrerais mes ambitions. J'irais à l'école à nouveau, je travaillerais (mon ancienne patronne me reprendrait, par pitié peut-être. J'espérais de tout mon cœur que ce ne soit pas par pitié). J'aurais des amis. Je retrouverais les habitudes de la ville, naturellement, comme si mes histoires n'avaient pas existé : celle du bain à l'eau rose de mon sang, ou cette histoire de robe noire, longue comme une nuit d'insomnie, longue sur ma peau mutilée. Sous les tubes néon de la salle de bain de la boutique, la gorge coincée, muette. Comme si cette histoire n'avait pas voyagé.

La route se taisait toujours. Je suis rentrée au chalet par la forêt, les mollets dans les broussailles.

J'aurais tellement voulu être capable d'une insouciance comme la sienne. J'aurais voulu vivre comme notre campagne vivait, d'un seul mouvement. Mais ce n'était pas moi, et j'avais mal.

Qu'arrivait-il de la femme qui m'avait privée de lui déjà ?

Il a dit qu'il n'arrivait pas à choisir entre elle et moi. J'avais une boussole tournante à la place du cœur, des murs à gravir. Elle était la carte géographique de ses jours, son amour chaud du quotidien. J'ai répondu que pourtant, il fallait choisir.

Jusqu'à quel point ses justifications pourraient-elles me faire plier ? J'avais peur de me laisser prendre au piège si j'écoutais trop longtemps sa voix.

Nous nous sommes assis au bord de l'eau. Il me gavait de bière pour me réchauffer d'oubli. Le soleil se couchait, et les autres arriveraient bientôt. J'ai demandé pourquoi il était revenu. Au fond de moi, je savais que mes crises de larmes et de poings contre ceux qui entravaient ma liberté faisaient peur. J'étais si terrifiée d'enliser mon cœur que j'en étais dure et froide comme le fleuve en hiver.

Il devait choisir entre nous deux.

Il a regardé ses mains. Je détestais son profil, sa posture, les cigarettes qu'il m'allumait dans la bouche, ses tentatives de m'embrasser qui s'échouaient sur mon front. Je détestais qu'il ait fait tout ce chemin pour venir me demander refuge.

Les phares des voitures ont commencé à éclairer le chalet. Des voix se faisaient entendre, de plus en plus fortes, de plus en plus nombreuses.

Il y avait nos amis et des nouveaux visages aussi. La campagne est un espace pour crier, pour dépasser les limites. La nuit est arrivée avec le feu et les bouteilles qui s'entrechoquaient. Il n'y avait pas de fin aux profondeurs des sous-bois. L'écho des rires portait par-delà le lac, la musique glissait sur les racines des arbres. Clara s'était mise très belle. Ses cheveux blonds étaient libres, ondulés jusqu'au milieu du dos. Elle portait un short déchiré et une blouse blanche. Ses yeux brillaient comme pour parler d'eux-mêmes. Sans maquillage, elle avait l'air d'une créature des bois, le visage franc. Elle était magnifique. Elle s'était trompée.

Clara et l'homme parlaient. Le regard des autres les rendait vrais. Tout le monde comprenait leur balade au bord de l'eau. Clara ne se laissait pas prendre la main. « Je suis bien. Je suis heureuse », qu'elle a dit au lac. Elle pensait aux grands espaces libres de la forêt, qui avaient comblé la place laissée par l'amour. Il la regardait comme une fleur. Tout allait vite, ce mouvement contraire aux nuits de campagne. « Je suis bien. Ne viens pas tout bousculer, encore une fois. Une fois de trop. » Mais il ne voulait rien bousculer, il n'était pas là pour jouer. Il disait de belles choses. Clara se retournait souvent vers moi, au loin je pouvais voir sa tête chercher la mienne.

Ils sont allés dans la forêt, tous les deux. Il disait : « Tu es la plus belle. » Et Clara riait.

Ils se sont étendus dans la clairière. Il a murmuré : « Il ne faut jamais s'inquiéter », en flattant sa face fermée dans la nuit. Entre deux bouchées de son corps, il l'a regardée comme pour la toute première fois. Clara s'est demandé s'il allait lui en laisser. S'il lui resterait des pieds pour se piler dessus, le lendemain. Des épaules pour porter ses épaules à lui. Allait-il lui laisser la bouche, pour lui faire des promesses ?

Et elle s'est laissé ravoir dans la nuit. Elle avait perdu la tête, comme on perd la foi.

Il y avait beaucoup de gens, et au milieu il y avait Chloé. Elle avait l'air d'un fantôme lumineux sur la surface de la nuit. Elle était contente, malgré elle, de sentir les odeurs que dégageaient ces gens, les bruits qu'ils apportaient. Cachés dans leurs manches, dans une poche de leurs sacs : des petits bouts de la réalité. Un jour, Chloé pourrait y vivre avec eux. C'est ce qu'elle se répétait quand elle circulait parmi les corps. Pieds nus, avec sa robe noire agitée par ses cuisses maigres.

« Un jour, Clara, il faudra y retourner. Toi aussi, Clara, et moi aussi. »

Eux, autour de Chloé, ne savaient comment agir, quoi faire de leurs mots. Depuis des mois, elle avait disparu. On l'avait retirée de force de l'environnement : l'université, les soirées où ils buvaient ensemble, les nuits à courir vers ces grandes idées. Leurs questions étaient restées sans réponses devant les portes de la clinique blanche.

Les gens lui offraient des boissons et la complimentaient sur ses cheveux courts, coupés sur un coup de tête quelques jours avant sa sortie de la clinique. Les garçons touchaient du bout des doigts le bas de son dos, l'os de sa mâchoire, la ligne de ses bras minces. Et Chloé riait.

Quand ils sont sortis de la forêt, le monde les avait oubliés. Quand ils sont apparus, blêmes, la nuit était en train de devenir le jour. Clara était épuisée de cette nuit. Les gens s'en allaient, lentement, en jetant un dernier regard vers l'eau. Ils se sont retournés sur nos visages fondus avec la nature, nos cheveux emmêlés, nos mains pleines de corne. Puis ils sont partis vers la ville.

Lui, il était toujours là. Clara l'observait de loin, la tête couchée sur mes genoux. Il se tenait debout, fumait au bord de l'eau. Il dénouait ses épaules dans l'air. Déjà il appartenait au souvenir de cet été-là. Clara sentait le feu d'hier monter de ses jambes jusqu'à sa gorge. Quand il est revenu vers nous, nous avons vu ses yeux de la couleur du lac. Clara a fermé les siens. La pluie s'est mise à tomber, alors nous sommes rentrés, les trois ensemble.

Notre quotidien allait changer. Clara ne pouvait supporter l'ennui. Elle avait eu peur de la séquence dès qu'elle l'avait comprise. Dès qu'elle avait senti la succession insipide du temps.

Et lui, il était la porte pour s'en échapper.

La dérive de mon attention avait permis à Chloé de s'évader un instant, avec sa propre tête sous le bras. Je ne l'abandonnais pas : nous passions du temps face à nous-mêmes. Chloé existait, tranquille dans notre campagne. Elle avait besoin du silence comme moi j'avais besoin de le briser. Chloé bougeait, précautionneuse, d'un bout à l'autre du terrain. Elle nageait lentement. Elle lisait en faisant de longues pauses entre les pages, pour regarder au loin les maisons des autres et se demander comment ils vivaient. Si leur retraite au bord du lac voulait aussi dire naître à nouveau. Il lui restait des forêts opaques à traverser avant de revenir toucher le début de sa vie, des labyrinthes faits de buissons denses et de ronces. Mais elle y arrivait.

Nous continuions de nous asseoir face au lac, le soir. Juste nous deux, avec des piles de souvenirs entre les jambes. Se redire ma maison d'enfance, avec l'escalier en colimaçon. Les grandes rues bordées d'arbres de la petite ville où nous avions grandi, cette ville à mi-chemin entre notre forêt et leur métropole de plomb. Puis, nous laissions nos yeux couler sur la surface du lac, partir avec les lambeaux de lune qu'il transportait.

Le jour, Clara et lui se baignaient. Ils s'emmêlaient sous l'eau puis se séparaient, se tressaient puis se séparaient. Les algues s'enroulaient autour de leurs pieds. Il racontait des histoires de créatures dans les bas-fonds, et Clara faisait semblant d'être effrayée. Le soleil frappait sur l'eau pour les aveugler. Ils s'embrassaient puis se séparaient, se nouaient puis se séparaient. S'aimaient puis se détestaient. Prenaient peur.

Clara avait été aimée, avant lui. L'amour lui avait toujours laissé ce goût de métal en bouche. Cette colère de devoir appartenir, ce sentiment d'y laisser un morceau de chair, chaque fois. Elle ressortait de l'amour avec une envie de fuite. Je l'ai toujours connue avec ses yeux défiants. Le défilement des sapins qui bordent la route lui donnait envie de courir en ligne droite. Juste pour voir jusqu'où elle pourrait aller avant que son cœur n'éclate. Elle voulait sauter de la voiture, s'élancer dans les bois, les épines. S'enfoncer entre les arbres jusqu'à la nuit, s'y égarer.

Elle s'était promis qu'elle ne tomberait plus amoureuse. Puis il était arrivé. Quand ils s'embrassaient, elle croyait avoir trouvé. Le vent d'été avait apporté des réponses. Et lui continuait de l'envelopper de son aura de loup effarouché et de ses idées de grandeur.

On entendait leurs rires étouffés dans le ventre de la forêt, et Clara protester en riant quand il l'embrassait contre les troncs moussus. Lorsqu'ils avaient terminé leur course effrénée, lorsqu'ils étaient fatigués de sauter par-dessus les racines et les pierres, ils marchaient.

La main de Clara n'avait jamais été aussi petite que dans la sienne, et ils le savaient tous les deux.

Nos nuits ne ressemblaient à rien. Elles n'étaient pas terrestres. Elles me faisaient voir les sommets des montagnes rouges auxquelles je ne croyais plus depuis longtemps.

Des nuits pareilles, j'en avais cherché partout.

Ses mains ne ressemblaient à rien de connu, sur mes seins, sur mon visage ennuagé par la drogue qu'on avait avalée avec un peu d'eau. Les caresses au goût d'alcool, ses cheveux à l'odeur des cendres de nos feux de joie. L'amour pouvait n'être qu'une étoile sur l'ennui.

Des mains pareilles, j'en avais cherché jusqu'à l'écœurement. Les routines, les calendriers : ils n'existaient plus. Nous n'existions plus.

Un jour, les parents de Chloé ont appelé. Quelque chose dans le mouvement des arbres a changé avec la sonnerie du téléphone. L'appareil était resté silencieux depuis tout ce temps.

Assis autour de la table, nous nous sommes regardés. Chloé était chez elle, c'est elle qui a répondu. La fille de la forêt. Les voix alternées de son père et de sa mère ont résonné dans la cuisine. Ses parents ont parlé de leurs vacances aux États-Unis, d'où ils revenaient. Une ombre a passé sur la bouche de Chloé.

Puis son père a donné des indications. Le mois d'août rétrécissait : il fallait vérifier certaines choses avant de quitter l'endroit. Sous notre regard silencieux, Chloé s'est déplacée dans la maison, a ouvert la boîte électrique dans le placard, a fait couler l'eau dans la baignoire, l'eau chaude puis l'eau froide. Elle disait : « Oui, oui, tout est correct. » Chloé est sortie sur la galerie, a marché sur le terrain. Il ventait dans sa chemise de nuit. Nous l'avons vue faire des cercles autour du foyer. Nous étions toujours assis à la table. Il était mal à l'aise. Moi aussi. Il ne devait pas y avoir une troisième personne. Et j'ai repensé aux souris mortes dans les trappes sous l'évier de la cuisine. Il m'a pris la main, et nous sommes sortis. Il m'a entraînée vers la forêt. L'herbe était humide sous nos pieds. J'ai vu le visage de Chloé suivre notre mouvement. Puis elle a disparu dans le chalet.

Mon amie entendait la rumeur de la vraie vie s'approcher. Je la sentais se crisper, les derniers soirs à l'Ermitage, quand nous étions les trois au bord du feu. Sa voix terrée dans les angoisses ne recouvrait même pas le crépitement des flammes.

Lui, il prenait ma main. Il regardait Chloé dans les yeux. Quand il parlait, avec sa voix douce comme l'herbe, Chloé avait toujours une méfiance dans le regard. Je crois qu'il la voyait aussi.

Le soir du coup de téléphone, il s'est mis à nous raconter ses choix à lui. N'appartenir à nulle part, car il ne croyait pas aux jours réglés, aux obligations écrites sur des bouts de papier. Lui, le papier, il s'en était servi pour écrire des lettres aux belles filles, dessiner des fragments de visages. Il ne croyait pas qu'il faille garder son esprit sobre. Il ne croyait pas à la beauté fabriquée. Il n'y avait que nous, à cet instant.

Quand il parlait ainsi, il me rappelait notre première nuit, à marcher dans la ville, les pas étourdis. Cet arrêt sur les balançoires d'un parc. Sa voix basse, ses idées vagues. Je m'étais dit qu'il ressemblait à un enfant coincé dans un grand corps. C'était juste avant d'en tomber amoureuse.

Il s'est tu. Après ses envolées de paroles, il retombait toujours dans sa tête. Il passait ses grandes mains rugueuses sur son visage.

Chloé s'est levée. Elle est allée uriner à l'orée des bois. Soulever sa jupe, s'accroupir, ces gestes étaient devenus familiers. Comme se rincer de la poussière sous la pluie, nue, ou faire bouillir des feuilles de menthe. Mais elle entendait la rumeur de la ville.

Quand il s'endormait, je partais sur la pointe des pieds rejoindre Chloé dans le grand lit. Nous redevenions enfants dans la nuit.

Tout ce que nous avions appris : le vocabulaire de la forêt, la façon de marcher pieds nus sur les cailloux sans se blesser, la course du soleil sur le terrain, les variations dans la vase du lac, les différents chants des oiseaux. Tout était à jeter, comme ces informations accumulées sur un amour perdu. Dans quelques jours à peine, il nous faudrait partir. Au téléphone, ma mère avait flatté ses cheveux teints en évoquant les dates du calendrier. L'Ermitage n'était pas bâti pour qu'on puisse y vivre dans le temps frais, qui viendrait en septembre. L'heure de rentrer était venue.

La force que nous avions puisée ici, il fallait trouver un moyen de la transporter jusqu'à la ville. Mon nouveau corps, plein du repos et du courant du lac, il me fallait le faire fonctionner au milieu des voitures. Dans les immeubles, sur les trottoirs.

C'est toujours quand on commence à pouvoir les nommer que les choses disparaissent. Dire : tu es à moi. Je suis à toi. Quand les vagues qui se formaient dans les bas-fonds deviennent des mots et échouent dans la bouche. Toutes seules, les vagues, elles prennent possession de la bouche, du cœur.

Clara était prête à parler de ce qui était né dans ses profondeurs de fille farouche. Je l'ai vu dans ses yeux, au petit matin. Je n'ai rien dit.

Tout le chalet a tremblé avec elle jusqu'à ce qu'il se lève. Clara tenait sa tasse de café à deux mains, en regardant dehors. Je l'ai embrassée sur la nuque avant de sortir. Je ne sais pas comment j'ai su qu'il allait parler lui aussi. Peut-être qu'à force d'épier mon corps, j'avais appris à connaître celui des autres. Comment leur regard peut mourir. Leur façon de se mouvoir plus vite ou très lentement lorsqu'il vient le temps de partir. Je reconnaissais peut-être les moments d'abandon entre deux phrases, et la force que demandent certaines paroles aux mâchoires fatiguées.

Elle l'a pris par la main. Il avait encore la tête endormie, les membres flous. Le front sombre, il l'a suivie. Ils ont descendu la pente jusqu'au lac. Clara ne parlait pas. Elle a poussé elle-même la barque à l'eau. Les araignées qui y couraient ne l'ont pas effrayée, elle était fébrile. Lui, il regardait la scène les bras ballants. Clara a levé sa robe sur ses cuisses puis s'est avancée dans l'eau peu profonde. De la main, elle l'a invité à prendre place à ses côtés, dans la barque. Elle l'a pris en otage.

Il ventait beaucoup. Les arbres craquaient. L'eau était agitée de vagues. Ils ont persisté à ramer ensemble jusqu'au milieu du lac. J'ai vu l'embarcation s'éloigner sur l'eau trouble et l'expression solennelle de mon amie. Quand Clara a remonté sa rame dans la barque, et qu'elle a posé ses mains trempées sur les cuisses trempées de son amour, c'est lui qui s'est mis à parler.

Et le visage de mon amie a coulé au fond de l'eau.

Quand il a fermé ses lèvres enfin, quand il a laissé le vacarme du lac prendre le dessus sur nous, j'ai tout abandonné. J'ai retiré ma robe, je l'ai jetée à ses pieds avec ma peau, puis je suis rentrée à la nage. Il n'a pas dit mon nom.

Je lui avais demandé de ne pas la toucher, ma sauvagerie.

J'étais prête à accepter la niche qu'il construisait autour de moi, au fil des nuits.

« Je dois retourner la rejoindre », qu'il a dit. Il m'évitait du regard. Cette femme qui attendait dans l'autre temps, je ne connaissais pas son visage ni sa fureur. L'autre femme, cela résonnait comme la fin du monde.

C'est elle qu'il avait choisie.

Mes yeux se sont remplis d'une haine sauvage. Quelque part dans les bois, un animal mangeait un autre animal mort. Déchirait la peau morte avec les dents. Je sentais ces chairs se déchirer jusque dans la mienne. Crie, défends-toi, Clara, trouve les vingt-deux années de force accumulées dans tes entrailles et crie donc ! Mais je n'ai rien pu dire.

Il me laissait en plein jour, dans la lumière tranchante qui mordait la face entière. Il me laissait les mains pleines d'images de lui qui rapetissait sur le chemin. Avant de m'embarquer dans cette aventure, j'aurais dû apprendre à crier. J'aurais dû savoir que le sang fait plus mal lorsqu'il ne coule pas pour de vrai.

J'ai nagé de toutes mes forces jusqu'à mon lit.

Quelque chose a crevé dans l'air. Du cœur de la forêt, je l'ai senti. Je me suis retournée vers la maison. Rien ne bougeait. J'ai lâché les fougères que j'avais à la main, je me suis mise à marcher vers le chalet. Tout était paralysé, comme dans un cauchemar trop tranquille, avant l'arrivée des monstres. Quelque chose était mort.

La porte du chalet s'est ouverte.

Sans même me regarder, il s'est avancé vers la route, avec son sac sur l'épaule. Une voiture est venue le prendre à la jonction de notre chemin de terre et de la route. Comme si tout était prévu, même la mort de l'amour. J'ai entendu les roues dans les flaques d'eau boueuse.

Dans la chambre, j'ai trouvé Clara en amas de brindilles. Elle m'a demandé de lui mettre le feu.

Je l'ai tirée dehors. Il faisait sombre à cause des nuages. Nous avons marché au bord de l'eau. Ses cheveux dans le vent fouettaient mon visage par moments. Elle avait les traits noirs comme une pierre.

Quelque part sous la terre, emmêlés dans les racines et rongés par les vers, la pourriture, les débris blancs de Clara et ses souvenirs.

Il ne faut jamais s'inquiéter.

La façon qu'avait Clara de tenir une cigarette, très près du visage. Les airs inventés qu'elle fredonnait en cuisinant. Sa façon de dormir recroquevillée comme une enfant. La lumière du feu sur le visage de Clara. Sa main droite, qu'elle passait sur ses yeux comme un châle lorsqu'elle était fatiguée. Le point d'horizon dans lequel elle se réfugiait si elle se sentait triste. Les livres qu'elle pouvait citer à voix haute, si l'envie était là. Les paroles qu'elle prononçait dans son sommeil fait de cauchemars nerveux. Et ses peurs : que la noirceur vienne en plein jour, l'ennui, mourir sans avoir compris pourquoi il avait fallu vivre. La maladie qui frapperait par-derrière. Et les fins : la fin d'un livre, la fin du jeu, la fin de l'amour. La perte de l'amour dans ses bras, le poids de l'amour sur ses épaules, la tristesse à charrier sur une longue distance, comme les femmes du passé devaient rouler leurs charrettes dans les champs.

Il était parti avec ces fragments de Clara. Une deuxième fois. Maintenant elle faisait face à l'eau, dépouillée.

Le lendemain matin, nous faisions nos sacs quand Clara est sortie dans la pluie. J'ai guetté son mouvement par la fenêtre. Elle a marché d'un pas de somnambule jusqu'à la forêt, elle y est entrée. Plusieurs minutes plus tard, elle en est ressortie. Toujours aussi lente, posée. Elle a marché jusqu'au lac. Sur le bout du quai, Clara a ouvert ses bras, sa poitrine. Puis elle a crié. J'ai entendu sa voix assourdie par le vent et la pluie. Sa voix rauque. Elle a crié une deuxième fois.

Le premier cri était un rugissement de colère.

Le second cri était l'aveu d'un chagrin immense.

Puis Clara est revenue vers l'Ermitage. J'ai quitté la fenêtre, retrouvé mes bagages. Elle est entrée aussi doucement qu'elle était sortie. Les cheveux emmêlés dans les cils, la bouche rouge, le corps coulant sur le plancher. Elle a semé son filet d'eau jusqu'à la chambre puis elle s'est couchée.

Nous n'en avons jamais parlé.

Il n'y avait pas de façon de dire au revoir à cet endroit. D'abord, il contenait une partie de nous que nous ne montrions jamais à personne. Puis il gardait sa trace, la trace de celui qui m'avait fait croire. Le chalet était le seul témoin de cet épisode, il avait porté cet amour comme un animal de sa forêt.

Il était impossible de dire au revoir à la terre qui avait redonné naissance à Chloé. Qui, de ses mains poussiéreuses, l'avait empêchée de se punir encore.

Mon amie est restée longtemps face à tout cela. Les mains sur les hanches, elle a regardé le soir tomber une dernière fois sur le lac. Longtemps. Je fumais une cigarette, appuyée sur la voiture, et mes yeux coulaient sur le dos de Chloé. Elle a voulu aller se tremper dans le lac une dernière fois, elle a même commencé à passer son t-shirt par dessus sa tête.

J'ai insisté : il fallait partir avant les étoiles. Sinon, ça me tuerait.

Chloé ne parlait pas des débris qui encombraient son ventre. Sa nervosité de réintégrer la ville était immense. Lorsqu'elle a mis ses affaires dans le grand sac de toile rouge, je l'ai vue murmurer des prières, invoquer les esprits. J'ai vu son visage défait par la peur de l'échec. Elle ressemblait au lac lorsque nous y sautions et que l'eau se brouillait de terre et de particules d'algues. Ses mains tremblaient lorsqu'elle a vidé le contenu du réfrigérateur dans la glacière.

Nous ne parlions pas. Il pleuvait des océans d'eau glacée. Le mauvais temps parlait pour nos bouches épuisées.

Je me suis installée derrière le volant. J'ai posé ma main sur la cuisse sans chair de Chloé. Elle a fait mine d'avoir oublié quelque chose à l'intérieur, mais je l'ai forcée à se rasseoir. Elle n'avait rien oublié. Elle voulait seulement savoir de quoi avait l'air la maison, vide de nous. Savoir si elle existerait sans nous.

Les routes, les lampadaires, d'autres maisons, bientôt. Le chemin nous éloignait de l'été. Deux mois. Bientôt, nous retrouverions nos téléphones cellulaires et nos ordinateurs. Nous entretiendrions des liens avec ces gens qui ne nous avaient pas manqué. Et nous dormirions chacune dans nos lits, dans nos appartements éloignés, séparés par d'autres maisons, des immeubles. Pas d'arbres.

Mais peut-être était-ce pour le mieux.

2

Nous étions en septembre. Le soir se hâtait, symptôme de l'hiver qui trancherait bientôt le monde. Le quotidien de Clara se résumait à l'école, au travail, à l'appartement. Son deux pièces et demie était traversé de bourrasques froides.

La routine avait repris son dû. Les feuilles tombaient comme un générique. Il n'a pas cherché à la revoir.

Clara aurait voulu dire certaines images. Elles plissaient son front. Et les gens pensaient : « Cette fille a quelque chose de caché. » C'était la blessure. Ils croyaient en un secret opaque, mais ce n'était qu'une blessure.

Les jours s'enchaînaient. Nous progressions dans septembre comme autrefois nous nous enfoncions dans les bois. Loin, jusqu'à ne plus voir la sortie. Il semblait à Clara qu'assez de temps avait passé pour que ses faiblesses se soient noyées dans celles de la ville. Pourtant le temps ne guérissait rien de la colère, de l'abandon, de ces images sombres qui venaient gâcher même ses rêves. Au cœur des arbres, il lui avait dit qu'il l'aimait.

Le temps ne guérissait rien.

Les deux pièces qu'elle habitait étaient trop exiguës pour ranger ce qui se tramait dans sa tête. Elle fantasmait de pendre les vestiges de l'été avec les autres vieilleries de sa garde-robe. Une idée l'obsédait : c'était elle qui l'avait fait fuir. C'était sa faute s'il n'avait pas collé à elle. Cette Clara, perchée au plus profond des cieux, derrière les murailles qu'elle avait construites pour se protéger, pour se donner la liberté de courir quand le moment viendrait. Courir contre le chagrin, contre l'ennui, et contre l'affaissement du cœur. La promesse : je serai toujours libre, toujours. Ce quelque chose de dur dans le regard, de glacé. Dans la barque, il avait dit que ça ferait même trembler les enfants, et les chiens. Et cette idée obsédait Clara : il avait préféré partir plutôt que de se mesurer à elle, qui se débattait dans ses propres vagues. Elle devait savoir si c'était de sa faute.

Cette idée l'obsédait : le revoir, comprendre.

Les soirs de septembre sont tombés sur Chloé comme un bloc. Elle vivait avec d'autres présences que la mienne. Ces gens étaient des inconnus, chez qui une chambre était à combler. De nouveaux visages pour tout recommencer, pour pouvoir s'en construire un à soi. Nous avions de la bonne volonté. Le monde nous avait donné un répit, il fallait l'en remercier.

Le premier matin, Chloé a descendu les escaliers en colimaçon en balayant les feuilles mortes de ses pieds. Elle a parcouru le chemin jusqu'à l'université, avec sa mère au bout du fil qui prodiguait des conseils d'orgueil et de regard hardi.

Plus difficile encore, le premier jour au travail. Cette boutique trop rose et blanche où elle devait vendre des vêtements. Les néons lui rappelaient l'éclairage de la clinique. Là-bas, tout devait être vu, su, raconté. On cherchait à voir le squelette de la vérité.

Toujours les visages des jolies filles. Chloé craignait que les histoires de sa maladie soient restées vivantes. Elle savait que les belles personnes font circuler les secrets pour mieux resplendir : les mystères brillent dans leur bouche, les illuminent. Au vestiaire, Chloé a épinglé son nom à sa blouse. Elle a salué les filles d'un sourire. Personne n'a mentionné sa longue absence : comme nos amis, les belles filles aimaient mieux parler lorsqu'elle n'était pas là. C'était plus facile. Du premier regard, elle a su : les histoires avaient circulé comme les voitures le faisaient ici, en emportant tous les autres bruits et les odeurs douces.

« Garde la tête haute. N'aie pas peur de ceux qui voudront te rappeler les couloirs froids d'où tu reviens », avait dit sa mère, très loin au bout du fil. « Je dois y aller, on se rappelle, d'accord ? D'accord, Chloé ? »

Des années de conditionnement nous aidaient à marcher sur les trottoirs. Seulement, nous vivions avec les réflexes de cet été. Nous regardions la pluie se former sur la fenêtre, nous tracions des phrases dans la buée. Nous chantions doucement, nous lisions des livres, lentement, en buvant des boissons chaudes. Nous nous donnions rendez-vous dans les parcs pour nous tresser les cheveux face au soleil.

Nous avions été tellement loin. Plus près des étoiles que du battement des voitures. Plus près des oies sauvages que des membres de notre espèce.

En ville, il y avait toujours une occasion de fuir la tombée de la nuit, de courir devant le train. Un soir, je suis allée chercher Chloé. J'avais enlevé du siège du passager mes cigarettes, les livres que je ne terminerais jamais, mon cahier de notes plein de mots pour celui qui n'en finissait plus de m'entailler le ventre. J'avais balayé la poussière qui pénétrait partout : dans nos bottes, dans nos appartements. C'était la première fois que Chloé montait dans ma voiture depuis notre départ du chalet. Il y avait ce bar où nous irions. Nous allions nous nicher quelque part au chaud. Chercher la chaleur de la bière et de la musique qui nous avait animées dans un autre univers. En conduisant, j'ai caressé les cheveux de Chloé. Son regard se perdait sur les routes trempées.

J'ai baissé la vitre, puis je me suis allumé une cigarette. Mes doigts ont gelé dans l'air de l'automne.

Il ne faut jamais s'inquiéter.

Cette phrase n'avait plus aucun sens ici, devant ce feu rouge. Elle appartenait à sa bouche, dédiée à la mienne. L'été était mort.

Dans la voiture, nous parlions peu. Entre Chloé et moi, il y avait une absence de bruit, une entente muette et beaucoup d'amour. La ville défilait par la fenêtre, de chaque côté, monotone, suffocante.

Dans la voiture, j'ai glissé quelques mots sur les responsabilités qui s'accumulaient : le boulot, les devoirs et les inconnus à faire entrer dans ma sphère. Clara a détourné la tête d'un geste si lent, si beau. J'aurais donné tout ce que j'avais (mes mains, mes cheveux, les grains de beauté sur mon flanc) pour la voir heureuse, couchée sur notre lac.

Les épaules affaissées de Clara me remplissaient d'impuissance. Elle s'efforçait de croire que l'eau verte de ses souvenirs n'était pas l'étendue de son dos à lui. Comme si les arbres, au bord de l'autoroute, n'étaient pas le piquant de sa barbe. Elle voulait cesser de se le rappeler. Avec le temps, elle croirait ces mensonges. Il le fallait.

Le bar à la lumière dorée est apparu au détour de la voie.

Nous sommes sorties de la voiture. Clara a fumé une cigarette, appuyée contre le mur de briques. Je lui ai fait face. Un garçon lui a demandé du feu, je crois qu'il voulait engager la conversation. Elle a plongé la main dans sa veste de jean, lui a tendu le briquet. Puis elle m'a regardée dans les yeux, jusqu'à ce que le garçon repose le briquet dans sa main. Elle s'est rallumé une deuxième cigarette. Le temps était encore assez doux pour fumer longtemps. À travers la vitre, je voyais ceux qui nous attendaient. Ils discutaient fort. J'ai demandé à Clara de fumer moins vite.

Charlotte faisait aller son beau visage pour la galerie. Je l'avais aimée beaucoup, je me souvenais.

Christophe parlait avec ses mots trop grands pour être vrais. Je l'avais aimé beaucoup.

Antoine gardait son sérieux, analysait tout, frappait la pointe de son index contre la table. Il regardait sa montre. Je l'avais aimé beaucoup.

Quelque chose avait changé, quelque chose était né entre ces gens et nous. Clara a éteint sa cigarette avec son soulier, puis elle a poussé la porte.

Les amis, autour de la table, plissaient les yeux pour comprendre nos paroles. Ce que nous avions vécu au chalet ne s'exprimait que par des silences, des chants d'oiseaux morts. Et ils pensaient « les bizarres » derrière leurs grandes étreintes et leurs sourires. Quand Clara bougeait la tête, je pouvais sentir les effluves des sapins majestueux, infatigables, dans ses cheveux. Nous avions toujours été les étrangères, et tout le monde en prenait conscience, mal à l'aise, caché derrière les bonnes manières. Étrangères à la fête, au bonheur, à cette jeunesse qui n'arrivait pas. Ici, dans la ville, nous n'adhérions à rien.

Le bar se remplissait, et nous nous taisions. Cette soirée ne nous incluait plus. Nous nous sommes pris la main sous la table.

Les histoires couraient comme des vipères. Je savais qu'on parlait de mes crises de nerfs, qui étaient d'abord apparues dans les cours, à l'université. Elles m'avaient suivie dans les rues, puis dans les bars. Parfois c'était un regard désapprobateur qui déclenchait l'angoisse, parfois c'était de constater combien toutes les autres filles étaient belles, avec leurs minuscules ongles peints, et bonnes, et brillantes. Comment elles riaient avec leur bouche rouge sans que ça ne soit disgracieux. Je me perdais dans cet abîme qu'était ma rencontre avec les autres, ces géantes. Je constatais la distance infinie qu'il me restait à parcourir pour me mouler sur elles, sur eux tous. Une fois, je crois que c'était en janvier dernier, dans ce même bar qui est le nôtre, je m'étais surprise à chercher mon souffle. Toutes les surfaces me renvoyaient mon image : les tables lustrées, la vitrine noire, les pupilles dilatées. Le grand verre que je tenais à la main avait glissé et avait éclaté par terre. La bière avait trempé nos pieds. J'avais regardé la vitre au sol. Il n'y avait plus que ces éclats de verre, et la lumière des bougies qui y vacillait. Une éternité plus tard, une main m'avait secouée, ce n'était pas si grave. On m'avait tendu un mouchoir, j'avais réalisé que je pleurais. On avait dit que cette fille était au bout du rouleau. C'était la voix d'Antoine, sévère.

Nous garder actives était censé repousser les souvenirs. Pourtant, là-bas, avec les autres, la musique ne nous a plu que quelques minutes. On a pris de nos nouvelles. On a demandé à Clara qui était l'inconnu qui l'avait fait rire si fort, au chalet. Celui avec qui elle se baladait au bord du lac, tandis que nous buvions tous autour du feu. Les histoires devaient circuler. Je suis allée à la salle de bain chercher mes idées, les mettre en ordre dans ma tête, comme les filles normales se remettent du rouge à lèvres. Quand je suis sortie, j'ai cherché Clara. J'ai compris qu'elle m'attendait à la voiture.

Je me suis demandé si elle allait pleurer. Il m'a semblé, en la voyant, immobile contre la portière, qu'elle avait un bassin d'eau glacée coincé dans la gorge.

J'ai regardé les semaines passer sur Chloé. Elles ne se pressaient pas.

J'ai remarqué que ses membres flottaient à nouveau dans ses vêtements. Dans l'air de l'automne, son corps se perdait.

Elle passait les semaines à assister à des séminaires, les mains sur la table, la tête légèrement penchée vers l'avant, les yeux plissés. Ce langage scolaire était devenu difficile à comprendre. Puis elle allait vendre des vêtements. Les gestes vifs, les mouvements rapides. Elle parlait avec les formules qu'elle connaissait, sans chercher à dire autrement. Au détour des rangées, dans le vestiaire des employés, les histoires couraient comme le vent. J'aurais dû me tenir derrière elle pour mettre les mains sur ses oreilles.

Dans le lit de Chloé, nous ouvrions nos livres. Nous nous couchions à plat ventre. La pluie faisait briller le voisinage rouge de vignes prêtes à mourir. Nous imitions les klaxons des voitures avec nos bouches, les fragments de conversation qui nous parvenaient de la rue. Nous écoutions en silence Simon et Laurence, les colocataires de Chloé, faire l'amour dans l'autre chambre.

Un soir, Chloé a soupiré en refermant un gros livre. Elle faisait face au miroir, la bouche serrée. La peur était revenue. Je me souvenais de l'ancienne Chloé, celle que l'on admirait, la grande. Durant les longues années d'adolescence, je m'étais cherchée dans mon propre corps, nous nous étions cherchés tous. Tandis que pour elle, c'était clair, ça allait de l'avant, les chemins étaient droits. Ses projets d'études scientifiques, son cerveau pour aligner les choses et les contrôler. Puis elle n'avait plus su porter son image sur ses épaules. Les échecs s'étaient faits plus fréquents et douloureux. Elle avait cessé la danse, le piano. Elle avait mis ses études sur pause. Mon amie avait tout laissé tomber, une chose à la fois, comme on se défait de nos vêtements pour entrer dans l'eau chaude.

J'imagine que le plus dur à porter avait été le regard des gens. Je me suis demandé comment j'avais pu avoir peur de la force de Chloé. Elle s'était construite sur des piliers d'orgueil et de bois sec. C'était tombé. Maintenant, j'étais bien placée pour comprendre chaque pièce de son désespoir : ma peine de cœur avait ouvert mon ventre pour que les curieux puissent y voir grouiller la douleur. La douleur est publique.

Se construire un visage. Chloé avait dû se construire un visage, chaque jour, chaque matin était consacré à bâtir une deuxième figure sur celle que l'on ne devait pas voir. Il lui fallait prendre son visage et en faire un joli mensonge. Mais le soir, lorsqu'elle rentrait, c'était terminé. Ce qu'il restait au creux de son visage : la douleur, et l'incertitude, et la longue, douce chute vers les angoisses.

C'est quelque part dans ces années d'adolescence que Chloé avait commencé à se défouler sur son corps : il fallait garder la main sur un objet malléable. Faire plier son corps à ses exigences, c'était un peu, peut-être, expier la colère de ne pas avoir su se plier au monde. Peut-être.

Le soleil tombait de plus en plus bas. Chloé s'est glissée sous les couvertures.

« Une autre semaine commence et je suis déjà essoufflée. »

C'était revenu. Je suis partie.

Clara allait souvent se promener dans les soirs. Elle le cherchait. Même si elle n'en parlait pas (la fierté, la blessure qui ne franchirait pas ses lèvres), je savais. Elle le devinait dans la ville, en train de pousser sur les nuits de quelqu'un d'autre. De tendre la main sur la surface d'une autre fille, de défaire ce qu'ils avaient construit cet été.

Elle sortait dans les soirs en se demandant comment s'éteignent les flammes sur lesquelles on ne souffle pas. Elle le cherchait. Il lui semblait que si elle s'imposait à lui une dernière fois, elle rafraîchirait l'odeur du sapin dans sa mémoire.

Les pas de Clara qui partait de chez moi ont résonné dans la cage d'escalier. Je les ai comptés. Moi je resterais ici, face au plafond de ma chambre. Je le comparerais à celui de la clinique blanche, puis au ciel. Quand la porte de l'immeuble s'est refermée sur Clara, je me suis enfoncée un peu plus dans les draps, pour me bercer dans mes peurs, me donner en cadeau le droit de faiblir. J'avais construit dans ce lit un rêve aux amants flous, qui auraient parcouru ma vie si je n'avais pas été paralysée de froid. Il avait subi les coups et bu un peu du sang que j'avais versé quand je n'étais pas assez bonne. Absorbé l'eau salée des larmes. Mon lit était un lit d'océan, comme ceux sur lesquels on sautait avec nos pieds d'enfants. Je voulais m'y terrer à jamais.

C'était facile. Pour que ça fonctionne rapidement et sans trop de mal, il fallait se pencher très en avant au-dessus de la cuvette. Ramener les genoux près du ventre pour bien écraser l'estomac. Il fallait enfoncer jusqu'à la luette son doigt lisse et long, croire très fort que c'est ce qu'on voulait qui arrive et ne pas en avoir peur. Les muscles de la gorge forçaient beaucoup : j'avais parfois le cou douloureux, le lendemain matin. Il fallait enfoncer le doigt un peu plus loin. Et puis tout ressortait, comme un soupir.

Les images de nos nuits persistaient, celles où il m'avait fait basculer, tremblante. Lorsque l'orgueil de mon corps m'avait quittée. Toutes les peaux parfumées à la cigarette me parlaient de lui, je découvrais son haleine dans le creux de mes lèvres. Je pouvais réciter sa bouche sur mon ventre avec mes propres mains. Jamais je n'ai prononcé son prénom. Qu'est-ce que je devais faire des promesses laissées en relief sur mes seins ? Je voulais faire éclater ma voix écorchée sur les surfaces de béton, pour lui dire que je ne devais plus être seule. Que je n'étais pas bien.

La façon qu'avait mon ventre de s'arrondir avec le plaisir. Mes rires pour les maladresses, la douceur sur la nuque, les bagarres, l'orgasme, la tombée de la nuit. Mes rires de chagrin aussi. Ma façon de le toucher pour dire « je t'aime » ou dire « va-t'en », toucher l'épaule ou les paupières pour dire « je te crois ». L'infiniment intime avec lequel il était parti.

Quand il est parti, j'ai pleuré. Il m'avait avoué qu'il avait vu tout ce qu'il y avait à voir dans mes yeux effarouchés. Les vents étaient entrés par mes narines, ma bouche, mes orbites. J'avais pleuré devant lui, et son regard fuyant l'avait vu. Il a entendu ce que font les sanglots dans la gorge de Clara, ma gorge, ce que font les pleurs quand ils tombent de mes yeux clairs. J'aurais voulu qu'il me laisse au moins ce secret. Maintenant j'étais trop nue, à aller les jours tous pareils, trop nue pour être fière. Condamnée à chercher où et comment je lui avais déplu : quelle part de moi devait être sauvagement abattue à la hache.

J'ai appelé en pleurant la ville de notre enfance, celle des étoiles dans le ciel. Le coin de pays délaissé au profit de ce gris immense, qui faisait taire les lacs.

« Papa, c'est correct, ce que je fais ? Est-ce que je ne devrais pas être en train de m'époumoner la vingtaine entre deux montagnes ? »

Il fallait qu'on me rassure, qu'on me raconte ces mensonges à propos de la colère qui finit par mourir. Ces nuits qui sortent finalement de la tête. Je ne savais plus d'où venaient ces larmes, indomptables. J'en voulais à la peine de s'être installée comme ça sur ma face. Je voulais m'enfuir.

Les amours avaient marché sur mon ventre et m'avaient laissée lasse.

En octobre, nos corps sont devenus l'automne, la ville.

Les rues s'effritaient au fond de nos bouches. Nous crachions les vapeurs d'essence. Du plomb se déposait sur nos bronches. Nos regards étaient plats comme les stationnements, interminablement longs et gris. Nous regardions nos propres corps adopter cette saison qui nous faisait horreur. Nous avons essayé d'en parler aux autres, mais ils nous ont crues trop sensibles.

Bientôt le lac serait gelé, et cette idée nous empêchait de dormir.

Nous buvions. Nous fumions des cigarettes et des joints sur les balcons tapissés de feuilles rouges. Les petits cadavres du mois d'octobre. Le balcon de Clara surplombait une rue passante : elle avait une bonne vue sur le mouvement, trois étages au-dessus de lui. Les voitures et les enfants qui couraient. Elle appuyait ses avant-bras sur le garde-fou pour guetter les passants, guetter l'arrivée de celui qu'elle recherchait.

Et puisqu'il n'arrivait jamais, Clara regardait finalement au loin, au-delà des toitures, elle regardait le ciel rapetisser et finir sur la ligne d'horizon. Moi, je sortais sur les marches de ciment devant mon immeuble. Je m'asseyais sur le béton pour boire mon café en paix et regarder passer les heures froides. Le voisinage me saluait. J'inclinais la tête sans sourire. Cette impression qu'eux aussi parlaient de moi quand je n'étais pas là. Un après-midi, je me suis endormie en chien de fusil sur ces trois marches de béton, jusqu'à ce que le soir tombe. Une dame m'a tapé l'épaule en rentrant, elle m'a dit qu'il faisait très froid.

Un matin du mois d'octobre, Clara a uriné sur un bâtonnet. J'attendais, assise sur le bord du bain, la feuille d'instructions à la main. Le soleil éclairait directement son visage, les vestiges de ses taches de rousseur. Nous tremblions en tenant le petit objet blanc, aseptisé.

Clara a retiré sa main d'entre ses jambes, elle a posé le bâtonnet sur l'évier. J'ai dit : « Il y aura une ligne rose, ou deux lignes roses », en montrant l'image du dépliant. C'était une question de couleur, de lignes et de formes. Clara faisait cascader ses cheveux, la tête renversée entre les cuisses. Les règles s'étaient fait attendre, comme pour retarder l'effacement définitif de son corps à lui dans le sien. Le corps de Clara ne voulait pas le laisser aller pour de bon. Les grandes questions s'étaient imposées dans la tête de mon amie, mais je lui avais dit de ne pas y penser maintenant, qu'il fallait suivre les étapes, puisque nous vivions à présent dans un monde à étapes.

Clara avait peur. Elle était fébrile aussi. Elle a repris le bâtonnet. Il n'y a pas eu de réaction sur son visage.

J'ai pris le petit objet. Une seule ligne rose.

Il n'y aurait pas d'enfant.

Je n'avais jamais eu aussi peur : ma vie, que je menais comme une barque qui tangue, n'était pas faite pour accueillir un enfant. Il nous noierait tous.

Pourtant.

J'ai touché mon ventre tandis que Chloé jetait les papiers à la poubelle. J'ai presque regretté cette possibilité. Aussitôt disparue, l'idée d'un enfant m'a manqué. Avec une partie de l'homme dans le ventre, il m'aurait fallu partir à sa quête. J'aurais dû parcourir la ville à la recherche de qui il était vraiment, trouver son chemin. Par devoir, par obligation. Son enfant quelque part dans mes entrailles : une bonne raison de parcourir le monde, en furie, de défoncer les barrières. Crier ma colère, déchirer la ville avec mes mains, vivre plus.

Porter un enfant pour faire renaître l'été.

Ma propre forêt en croissance. De petites tiges, de petites fleurs bleues, des pousses de fougère, de trèfle des bois, une petite forêt pour moi. J'étais vide, il n'avait vraiment rien laissé. Je n'étais pas enceinte.

J'avais toujours envie qu'il me couche dans les foins. Plus les jours passaient et plus c'était difficile sans mon image dans ses pupilles, les matins rigides et gris dans leur cercueil d'automne.

Les gens entraient librement dans l'appartement. La musique qui s'en échappait résonnait jusqu'à nous, dans la rue. Nous ne savions pas qui y vivait, mais nous avions vu la lumière, senti la fumée. C'était un soir du mois d'octobre. Chloé et moi, nous sommes entrées dans cet appartement en fête, qui ressemblait aux autres, au mien. Personne n'a porté attention aux nouvelles venues. Nous avons dansé ensemble. J'ai pris ce qu'on a bien voulu me vendre : l'alcool ne me faisait plus vivre les voyages dont j'avais besoin.

Depuis longtemps déjà, j'espérais le voir surgir, partout. C'était épuisant. Chloé, elle, évitait les regards. Elle souhaitait se fondre dans la masse, lui ressembler. Pour reprendre son souffle, elle a posé la main sur sa poitrine et fermé les yeux.

Nous dansions. Fermer les yeux, mettre nos corps en mouvement. Fermer les yeux, se rappeler. Puis nous nous sommes aperçues que nous étions seules. Tout le monde était sorti, sans manteau. Nous avons suivi les cris qui venaient de la rue. Les gens s'étaient attroupés, face à la maison. Nous avons croisé les bras sur nos seins durs. Il faisait froid, si froid que les haleines apparaissaient blanches dans l'air. Un garçon se tenait sur le toit. Il était torse nu, les bras ouverts en croix. Il menaçait de se laisser tomber sur la chaussée. Chloé a voulu s'en aller. Je l'ai retenue par un pan de sa blouse noire.

Le garçon me fascinait. Son idée, comme ça, de cracher sa mort à la face des gens. Et personne n'esquissait un mouvement, chacun étant conscient de sa propre ivresse, les iris disparus entre la nuit et le matin. Il me rappelait celui qui avait voulu s'ouvrir les veines dans les toilettes de notre école secondaire, entre deux cours. Et nous, pratiquement des enfants encore, n'avions rien su dire lorsqu'une ambulance l'avait sorti de l'école. Nous regardions comment la mort cherche à s'insérer partout.

Des tatouages recouvraient les bras du garçon sur le toit, j'aurais voulu voir ce qu'ils représentaient. Personne ne prononçait son nom, et lui regardait droit devant. J'ai pensé à ce qu'il voyait, par-dessus les toits. J'ai vu les gens qui fumaient, pâles comme des spectres. Le sang noir, les bouches mauves. Je nous ai vus, lâches, et lui nous surplombant. Il m'a semblé que ces tentatives de s'autodétruire étaient aussi des démarches pour détruire le monde. C'était plus facile de tout éteindre en même temps. Chaque cigarette que nous fumions se retrouvait sur le sol, les cannettes vides se froissaient sur le bord des trottoirs ou finissaient dans des sacs de plastique grignotés par les bêtes, dans l'estomac des bêtes. Nos gestes pour vivre plus fort nous permettraient de mourir plus fort, dans un même soupir plein de fatigue. Je ne savais plus qui de nous ou de ce garçon était le plus près de la mort.

La police est arrivée. Pourtant, personne ne l'avait appelée. Le garçon a baissé les yeux, et je crois qu'ils ont croisé les miens. Il a souri. Personne ne le connaissait. Nous sommes parties. Il y aurait toujours quelque part où aller, une façon de courir devant le train. Pourtant nous étions fatiguées.

Je m'attendais à ce que les gens disparaissent dans le noir, qu'à une certaine distance ils soient mangés par la pénombre. Mais leurs figures pâles persistaient au loin. En ville, il ne faisait jamais assez noir pour trouver le repos.

La vérité, c'est que j'étais folle. Un peu comme ce garçon, peut-être. Il existait des preuves. On pouvait tracer ma folie à la pointe d'une aiguille, la compter en repas régurgités.

Je ne collais pas. Nulle part, je n'arrivais à toucher le monde. L'angoisse de ne plus savoir comment prendre part au quotidien s'est concrétisée. Je ne pouvais même plus comprendre pourquoi nous étions là, dans cette mer de béton, à faire des gestes de béton. Il y avait les très belles filles, le mouvement trop rapide de la rue, il y avait les rendez-vous manqués et les hommes qui ne m'aimaient pas.

On s'était mis à nouveau à me reprocher mes longues absences. Les moments où mon esprit ne collait plus à ma rétine, et qu'on me voyait, toute nébuleuse, étoilée. Le bout de mes doigts malhabiles. Ma patronne me reprochait les erreurs de calcul et les clientes ignorées (des fantômes dans mes rêveries). Mes parents me reprochaient mes résultats scolaires, et je n'arrivais toujours pas à pénétrer mon propre corps. Tout mon être était à rêver des mondes loin d'ici.

J'avais recommencé à tracer des petits chemins de terre sur la peau de mes bras lorsque je me sentais triste. Comme d'autres se caressent devant des corps à l'écran, mangent compulsivement ce qu'on leur sert, ou grimpent sur les toits pour jouer avec la mort. J'ai pleuré sur mon manque de volonté, sur les promesses que je m'étais faites et que je ne tiendrais plus.

Dans les pires moments, je me disais que ces chemins allaient me ramener à notre été, cet espace où j'avais réellement vécu.

Après l'arrivée de la police, nous sommes allées rejoindre nos amis, les mêmes qui étaient venus nous voir, aux profondeurs de la campagne. Ils s'étaient regroupés dans une grande maison très chic, dans le quartier le plus huppé de la ville.

Chloé se déplaçait de pièce en pièce sans dire un mot, transparente comme elle savait l'être. Elle avait l'air d'un animal traqué. Son regard s'est suspendu au lustre du hall d'entrée. Elle buvait au goulot de sa bouteille de vin. Je serrais la mienne contre mon cœur.

L'idée d'un enfant ne me quittait pas. Une nausée imaginaire me prenait quand je pensais à ce qui grandissait peut-être dans mon centre, à la place du sang qui ne venait toujours pas. Le premier test aurait pu être fautif, comme il arrive que les mécanismes se détraquent. Tout n'était-il qu'une question d'une ou deux lignes roses ? Je sentais le mouvement de mon amour grandir. Je l'attendais. Sans jamais dire un mot, je caressais ce ventre qui me semblait s'arrondir. Un enfant du lac, un enfant secret comme notre été.

En compagnie de nos amis, Chloé évitait les questions. Elle manœuvrait pour qu'aucune parole ne tombe sur elle. Chloé dans la robe de laine noire, aux manches trop longues. Derrière la porte, elle prenait de grandes respirations avec le ventre. Ses mains parcouraient ses flancs, ses seins, son cou, elles couvraient son visage d'eau froide. Dans ce monde, il fallait ressembler aux autres. Chaque jour servait à construire le prochain. Chaque corps servait à construire son propre corps.

Où étaient les hommes de Chloé ?

Les hommes fuyants, peureux, aux grands bras comme des quais glissants. Les hommes à vous échapper du ciel. Où étaient-ils quand il aurait fallu tomber amoureux d'elle ?

Peut-être avaient-ils eu peur de ses os presque visibles à travers sa peau, comme on se méfie de ce qui tranche, de ce qui détaille la vérité avec l'exactitude d'une ligne droite. Peut-être que ses yeux, les seules courbes de son corps, les avaient avalés par leurs iris noirs. Où étaient-ils pour mettre des mots sur la beauté des absences de mon amie ? Quand il aurait fallu l'empêcher de perdre son sang au bout d'une aiguille ?

Toute sa vie, Chloé avait voulu être la meilleure, pour pouvoir se hisser sur la plus haute tour. Mais elle n'avait rien atteint. Mon amie n'avait jamais supporté de voir ses succès ordinaires se diluer parmi les exigences intarissables de notre monde : corps plastiques, châteaux, voitures toujours neuves, carrières. La vie de Chloé était faite de petites boîtes dans lesquelles son être n'entrerait jamais.

Contrairement à moi, qui gaspillais mon cœur, qui l'égarais sur le chemin, Chloé ne tombait pas amoureuse. On ne tombait pas amoureux de Chloé. On la voyait comme un objet parfait, fragile, inquiétant. L'espace de son corps avait quelque chose de funeste. Les hommes voulaient l'aimer, ils l'auraient voulu. Mais il manquait la flamme derrière ses yeux : elle perdait trop d'énergie à se détester.

La soirée s'est mise à tourner d'elle-même. Le froid du dehors s'est mêlé au froid du dedans. Chloé est sortie des toilettes, elle est venue me rejoindre au salon. Nous buvions comme pour remplir un lac.

Le plus dur avait toujours été de recevoir la désespérance des autres par la tête. Leur incompréhension me faisait l'effet d'un coup au ventre : tous ces adultes et tous ces médecins, qui se félicitaient de prendre bien soin de moi. Et dans leur coin, ils chuchotaient des questions qui restaient sans réponses. Une si belle fille, d'une si bonne famille. Mais je n'étais pas une équation.

Cette nuit-là, j'ai fermé les yeux sur mes amis fascinés par mon malheur. Fiers de ne pas en être.

Clara titubait, s'agrippait aux épaules d'hommes inconnus. Elle échappait quelques larmes dans ma nuque, elle embrassait mes mains, entre deux cigarettes, les yeux dans le vague.

« Il faut oublier l'été, Clara. Notre vie est ici. » Je répétais des mots vides de sens. Ma propre tête ne tenait plus en place, je l'ai laissée rouler à leurs pieds.

Nous étions trop saoules. Des jambes sautaient par-dessus nos corps effondrés dans l'entrée. Charlotte, avec qui nous avions autrefois partagé chaque soir de fête, est venue s'accroupir devant nous. Elle a déposé les mains sur nos épaules, ferme, presque autoritaire. Nous tentions de nous concentrer sur sa bouche. « Partez. Vous ne savez plus ce que vous faites. »

Nous sommes sorties. L'air nous a happées à travers les manteaux de laine, il martelait nos corps de glace, il piquait comme le sommet des glaciers. Nous avons pris un taxi vers l'appartement de Clara.

J'ai tiré des conclusions au lendemain de cette longue nuit malheureuse. L'idée m'est venue avec les échecs qui s'écoulaient de nos doigts, un à un, comme les billes d'un chapelet. Nous n'avions plus la foi. Naturellement, comme le jour crève dans les mains de la nuit, comme une saison en tue une autre.

Ça m'est apparu : l'été ne reviendrait jamais. Même pas sous une forme cachée. Il n'y aurait pas de pâle copie de ses ciels. Ses possibilités, l'amplitude de sa respiration, rien de tout cela ne reviendrait se mettre entre nous et les manigances de la ville.

C'était déjà l'après-midi. Nous étions couchées dans le lit de Clara. Encore nues, prises dans nos vieilles habitudes. La nausée me soulevait la poitrine. Le vin d'hier, les cigarettes : les dernières années auraient pu se résumer en un matin comme celui-là, où l'air respirait la fumée de la veille. Où l'on se fabriquait des convictions pour les défaire en étourderies le soir venu. J'ai pensé à notre vie dans la ville où nous sommes nées. Au quotidien tranquille dans la maison de nos parents. À l'œil inquiétant de ce village où chacun s'épiait. J'ai pensé à ce décollage que j'avais cru amorcer en quittant cet endroit, ce voyage qui s'était terminé en embardée. Finalement, j'avais toujours les pieds bien au sol. L'œil scrutateur se transformerait toujours en un autre regard peut-être pire encore, dans lequel je serais si petite.

Clara avait l'habitude de dire que ce sont les sentiments qui nous plantent dans la terre, qu'avec le cœur libre nous aurions pu nous en sortir. Elle disait que ceux qui décident très jeunes de s'enlever le cœur réussissent à s'évader par le trou découpé dans leur poitrine et à s'enfuir. Ils vivent une vie où il n'y a pas le frottement des cordages sur les poignets.

Nous avions chacune nos barrières. Je ne connaîtrais jamais l'amour de quelqu'un pour moi et je n'aurais jamais la force de le ressentir non plus. Clara, elle, serait toujours égratignée, pleine d'ecchymoses. Elle continuerait de connaître l'amour qui vous échappe du haut du firmament.

Les choses avaient toujours été ainsi, peut-être que le plus sage était de ne plus vouloir les changer, comme on observe passivement les galaxies derrière le ciel.

Couchée sur le dos, j'ai revu la petite Clara prendre par la main la petite Chloé pour l'emmener jouer dans les champs, et je me suis demandé si toute notre force, nous ne l'avions pas enterrée avec les autres trésors qu'enfants, nous gardions pour plus tard : les beaux cailloux, les fleurs de camomille, les pièces de monnaie trouvées dans le sable. Si c'était le cas, elle se trouvait encore au chalet, quelque part.

L'idée s'est installée d'elle-même. Si l'été ne revenait jamais, alors c'était nous qui devions lui revenir. J'ai prononcé ces mots : « Clara, je vais retourner dans l'été. » Comme elle ne répondait pas, j'ai ajouté : « Pour de bon. » Ma voix était ferme.

Il y a eu un silence. Les épaules de Clara se sont mises à sauter très doucement. La face enfouie dans l'oreiller, elle m'a regardée avec son œil des matins sans gloire. Le côté visible de son visage était trempé. Sa beauté s'était transformée en une douleur sourde. Elle portait le silence des boulevards en hiver. Elle portait sur elle la tristesse comme autrefois notre lac transportait à sa surface les pétales tombés des arbres. J'ai étiré le bras pour caresser cette partie de mon amie qui m'était encore accessible : l'espace blanc sur sa joue blessée.

Je n'ai pas cherché l'approbation dans ses yeux. Elle avait compris.

Après cette déclaration, un poids énorme m'a quittée.

Si Chloé partait, je devais la suivre. Il était impensable de la laisser partir seule. Elle a dit : « Si tu veux, tu garderas les souvenirs », et j'ai pleuré encore. Il était impossible de se séparer maintenant.

Le visage de Chloé était blanc et calme. Elle n'essaierait pas de me convaincre. Le jour s'étirait sans fin, j'avais mal à la tête, c'était inconcevable : rester seule derrière, et le silence.

La veille, j'avais cherché l'ivresse de mille bouteilles vidées dans mon ventre. J'avais cherché les braises encore chaudes déposées entre mes seins. Ce temps où je parcourais ses nuits pour m'étourdir. Quand on soufflait nos fumées blanches sur le ciel. Les jours étirés jusqu'aux soirs, étirés jusqu'aux jours. Quand on s'embrassait et que je respirais nos haleines de fous. Ces nuits où je multipliais ma force pour qu'il m'aime vraiment, malgré ma peau triste. Il avait pris mes larmes avec la langue pour les glisser dans ma bouche. Entre les draps, on avait pu se dire qu'on serait deux, maintenant. Les jours tous pareils, on les pousserait avec notre peau.

Puis il est parti.

J'avais raté mon coup, sans même savoir comment. Je lui avais donné mes envies de vivre. Je les avais gueulées à sa face, mais il les avait effacées avec son silence noir. Et j'étais tombée à ses pieds, avec rien devant les yeux que mes écorchures.

Il m'a fallu le déclarer à voix haute, entre les murs de mon appartement étroit. Il avait été mon amant de quelques mois. Rien qui ne pouvait s'oublier avec l'ivresse. Pourtant je n'oubliais pas.

Je ne me relèverais jamais.

J'ai embrassé les bras de Chloé. Au fond, les petits ruisseaux asséchés par l'hiver nous mèneraient peut-être quelque part. Elle m'a regardée.

Chloé et moi, nous retournerions vivre dans l'été.

L'important serait de garder cette idée secrète, comme une passion au fond des poches. De toute façon, ces choses-là ne s'expliquent pas. Il fallait avoir connu l'été sur le bout de la langue.

Le premier novembre, nous partirions. Juste avant que le lac ne gèle pour de bon.

Nous prendrions la voiture. La ville disparaîtrait dans notre dos. Elle rapetisserait. Nous n'aurions plus jamais peur. Il fallait garder le secret pour deux semaines.

Bientôt, Clara et moi retournerions vivre dans l'été.

Mon amie s'est tirée du lit. L'air était glacé. Le plan nous donnerait l'endurance nécessaire pour survivre jusqu'à novembre. Un deuxième souffle.

Durant la semaine suivante, Clara a continué de faire revivre les images illusoires du temps de l'amour. Elle l'imaginait, lui, aux côtés de l'autre. La première femme, abandonnée puis reconquise dans ses vieilles histoires. Sans excuse pour continuer de crier et de vouloir casser le ciel contre sa figure, puisqu'elle l'avait maintenant dans ses bras.

Clara a marché dans la ville à sa recherche, pour lui dire au revoir. Lui qui avait égaré sa tête. Essayer de comprendre, une dernière fois.

Mais elle haïssait avec la hâte au ventre. Il y aurait un dénouement. De l'air frais après celui gâché par son haleine.

La peur continuait de s'épanouir dans la moelle de Chloé, une peur fébrile, mélangée à de grandes idées d'escapade. Elle se rendait là où on l'attendait, elle se pliait sous les regards de sa patronne, des professeurs, des passants aussi. Dans le bus, elle suivait comme toujours l'alignement des immeubles par la fenêtre. Le soir, elle écoutait Simon et Laurence s'aimer comme personne ne l'aimerait jamais. Et dans le silence de sa petite salle de bain blanche, elle faisait encore ces gestes contre nature à cause desquels on l'avait appelée folle. Mais Chloé portait désormais entre ses petits seins plats un astre qu'elle touchait parfois à travers la peau, lorsque le soir tombait enfin sur ses yeux.

Elle ne lisait plus de livres. Moi non plus. L'excitation était trop forte pour que les pensées se concentrent sur les mots immobiles. De toute façon, si la fiction avait pu remplacer nos jours, il y a longtemps que nous aurions été sauvées. Si les romans avaient pu nous servir de maison, nous aurions cessé de chercher la fuite.

Un soir, les parents de Chloé sont venus la voir, par surprise. Leurs teints bronzés faisaient contraste avec la peau blême de leur fille, la fille de la forêt. Chloé n'avait pas eu le temps de se construire un visage. Ils l'ont trouvée devant la fenêtre, se caressant les cheveux, muette et transparente.

Quand ils ont frappé, Chloé a sursauté. Sa mère lui a ouvert des bras lourds de parfum. Mon amie cherchait comment se sauver de cette rencontre. Pourtant il était trop tard.

Comme moi, ses parents ont remarqué le vent dans les vêtements de Chloé. Ils ont reconnu les signes que je leur avais donnés au téléphone, quelques mois plus tôt, avant que l'on décide de l'amener à la clinique spécialisée.

Dans le salon de l'appartement de Chloé, ils ont demandé à voir sa peau nue. Elle a d'abord refusé, car il fallait lui faire confiance. Mais les parents de Chloé ne partageaient pas notre monde et ne croyaient pas qu'il fallût faire confiance à une folle.

Quand ils ont vu ce que leur fille avait recommencé à infliger à ses bras, ils n'ont d'abord rien dit. Ils ont demandé à voir ses cuisses. Durant ce qui a semblé une éternité, Chloé a dû défaire le bouton de son pantalon, puis le baisser sur ses cuisses tendues. La peur était descendue jusque-là. Dans l'appartement s'est installé le silence des grandes déceptions. Sur les murs blancs couraient les folies de Chloé. Simon et Laurence se tenaient sans bouger sur le seuil de leur chambre, alertés par le petit cri étouffé de la mère de Chloé. Le secret s'étalait au grand jour, le secret des yeux toujours vagues de leur colocataire.

Nous avions un plan.

Bientôt les déjections de mon corps, que mes parents et les médecins voulaient cacher, seraient recueillies par la terre de ma jeunesse. Elles pénétreraient dans les sols comme l'eau grise de la pluie, elles nourriraient les plantes, et personne ne poserait plus de questions. Les tiges continueraient leur ascension, les arbres feraient de nouveaux boutons rouges, les insectes suivraient leur chemin parmi les cailloux. Et je ne serais pas plus folle que ces oiseaux qui volent à toute vitesse vers la chaleur.

Mes parents sont partis en laissant la déception derrière eux. Simon et Laurence sont retournés dans leur chambre, puisqu'il était clair que pas un mot de plus ne serait prononcé à propos de mes démences. Ma mère a appelé la clinique le soir même. Une place se libérerait bientôt pour moi, on me soignerait une nouvelle fois. Je n'y retournerais pas. Ce corps était le mien, je l'avais appris, quelque part entre la nature et le rêve.

Je l'avais compris.

Le premier novembre, nous serions sauvées.

3

Nous partons à l'aube. Le soleil n'est pas encore tout à fait levé. J'ai aimé cette lumière, un jour, lorsqu'elle venait avec la chaleur et qu'elle réveillait d'un même mouvement le lac, les animaux, et lui aussi. Mais il ne faut plus y penser. Il n'existe plus.

Je vais chercher Chloé. Elle n'a rien avec elle qu'un sac dans lequel elle a mis quelques vêtements. Je n'ai pas beaucoup de choses non plus. J'ai pensé à acheter une bouteille de rhum. Nous sourions toutes les deux quand Chloé entre dans la voiture. Le premier novembre, la plupart des gens se préparent pour les grands froids. Ils tissent des cocons dans leur appartement. Bientôt, les rues seront de plus en plus vides, les immeubles de plus en plus éclairés. Les magasins se rempliront, mais le bonheur ne viendra pas.

Chloé a la tête à des kilomètres de cette exactitude, qui est celle des autres, désormais. Pour elle, il n'y aura pas de neige, et les champs seront verts. Je démarre le moteur.

Nous avons décidé de ne plus nous raconter d'histoires. Il n'y a que la voiture, Chloé, et moi. Il y a les rues sur lesquelles nous ne marcherons plus, il y a la musique que nous n'écouterons pas. Nous avons décidé d'abandonner nos carapaces encore chaudes sur les trottoirs et d'aller nous faire bercer ailleurs. Il n'y a pas d'avenir pour des malhabiles comme nous. Chloé ramène ses pieds sur le siège comme le font les enfants. Je sais que nous suivons le bon chemin.

Personne ne sait où nous allons. Personne ne sait même que nous allons quelque part, c'était la première règle de notre plan. Et quand la ville se réveille finalement, nous en sommes déjà sorties.

Il n'y a qu'une heure de trajet à faire pour atteindre le chalet. Le paysage ressemble aux souvenirs que l'on manipule doucement avant de s'endormir. L'horizon est un récit d'enfance. S'il y a quelque chose à comprendre de la personne qu'a été Chloé, s'il y a quelque chose à résoudre chez elle, les clés de l'énigme sont dessinées sur ces ciels. C'est la première fois que Chloé fait ce chemin l'automne. Les champs sont froids, les sols sont durs. Chloé se met à rire. C'est comme si elle perdait dix ans. La clinique a rappelé, hier. Mais Chloé est partie. L'univers a été clément. Chloé rit, elle couche sa tête sur mon épaule. Nous revenons à la terre, à notre lac. Nous sommes sur le chemin des chants de la nuit. Il n'y aura plus personne au bout du téléphone. Nos voix seront pour gueuler sur la surface de l'eau.

Je reconnais les parois rocheuses, au bord du chemin. Je montre du doigt les arbres sans feuilles qui se dressent au milieu des champs. Chloé hoche la tête doucement. Je reconnais la façon qu'ont les sapins de se tenir serrés, sombres, comme les sentinelles d'un grand espace où j'aurais pris la fuite.

Du coin de l'œil, je peux voir Clara caresser son ventre, qu'elle croit rond. Cela fait quelque temps qu'elle fait pousser cet enfant imaginaire. Elle l'appelle sa forêt secrète, ce petit qui ne viendra jamais. Elle a dans les yeux ce feu que portent celles qui s'apprêtent à délaisser leur fardeau pour aider un enfant à porter le sien. Clara a préféré croire en ce cadeau. D'ailleurs, le sang n'a plus coulé, depuis cet été. Et cet être croît, dans le bas-ventre. Elle le caresse. Elle n'en parle pas, mais je sais. Elle murmure dans sa tête des berceuses sur les airs de la brise estivale. Bientôt, on ne nous trouvera pas plus folles que les lièvres qui se creusent des retraites sous la terre.

Clara gare la voiture devant une petite épicerie, dans un village où on ne nous connaît pas. Une clochette résonne lorsque nous entrons. Je laisse mon amie parcourir les allées, je la suis. Les grandes chaleurs reprennent leur place dans nos poitrines. Nous mûrissons à vue d'œil. Clara cherche des yeux les produits que nous avons mangés cet été, elle les dépose dans le panier. Des racines pleines de terre foncée, des herbes. Nous croisons des villageois qui font leurs courses. Nous évitons leur regard. Clara se retourne vers moi et m'embrasse sur la joue. Nos visages sont tout froids.

L'épicier nous regarde longtemps, comme pour chercher notre secret. Puis il dit que nous avons l'air bien, que celles qui se lèvent aussi tôt s'assurent un bel avenir. Nous lui sourions, puis nous lui disons au revoir.

Nous nous enfonçons entre les arbres. Les voitures se font plus rares. Je reconnais cet érable, même sans ses feuilles. Je reconnais cette variation sur la route. Dans ce fossé, nous avons vu l'énorme porc-épic mort, un soir de tempête. Les extrémités blanches de ses piquants bougeaient en coup de vent avec les voitures. Nous arrivons à la bifurcation qui mène au chalet. Ma main serre la cuisse de Chloé.

Il fait plus sombre sur le chemin de terre gelée. Les cimes des pins qui l'encadrent se referment au-dessus de nos têtes, comme pour garder un secret. Nos traces de pas de l'été passé se sont effacées. Celles de petits animaux les ont remplacées. Au bout du chemin, un carré d'herbe blanche. Nous sommes arrivées.

Nous sortons de la voiture. La terre est recouverte d'un givre matinal qui fondra vite.

Plus personne n'habite les maisons de l'autre rive. Nous sommes seules comme des fleurs d'ombre, comme nous voulons l'être. Je m'étire, je lève la tête vers le ciel pour mieux sentir les odeurs froides de notre Ermitage, humer l'air bleu.

Quand Chloé ouvre la porte de l'Ermitage, nous retrouvons les odeurs laissées derrière. Elles nous attendaient. Nos odeurs : celle du café sur le feu, des légumes dans le four, des réveils à la peau moite, des draps blancs qui trempent dans l'eau de la baignoire. Le froid ne les a pas tuées. Cette terre tient en équilibre sur notre imaginaire.

Chloé s'avance dans la pièce en caressant l'air de la main. Il fait aussi froid à l'intérieur qu'à l'extérieur. Nous gardons nos manteaux de laine.

Je m'assois à la table pour rouler des cigarettes. Mes doigts gèlent. Chloé appuie son front contre la vitre. Le froid a fait taire les bruits de la forêt. Nous pouvons nous entendre respirer, et entendre les crépitements que font nos cheveux lorsque nous les plaçons derrière l'oreille. Nous pouvons entendre nos cœurs fébriles sous la cage des os.

« Il y a des vagues sur le lac », dit Chloé avec sa petite voix. « Viens voir. »

Je me lève. Je vois le lac, du même gris que le ciel, charrier des feuilles mortes, des branches tombées mortes gelées, des branches de sapin. Il s'active toujours. L'univers a été clément.

Nous ressortons. Bras dessus bras dessous, nous marchons jusqu'à l'eau.

Clara n'est pas revenue ici pour comprendre ce qu'elle n'a pas été, ce qui a repoussé son amour vers une autre. Elle n'est pas revenue sentir une dernière fois les caresses de celui qu'elle aima. Ce que Clara veut, c'est déposer ses yeux dans un décor vide de lui, retrouver le souvenir vierge des nuits passées seule. Elle est venue réclamer la vraie liberté, celle d'affaisser tout son poids sur plus grand que soi.

Moi je suis venue contempler une dernière fois mes souvenirs comme on regarde de loin des enfants jouer dans un parc. Revoir la petite fille que j'ai été chatouiller l'herbe en regardant mon père scier des planches pour construire une balançoire. J'étais le centre du monde, quand ma mère m'amenait à l'eau et m'apprenait à nager. Qu'est-ce qui a basculé pour que je doive porter le monde en mon centre ?

Il fait noir très tôt. J'allume le poêle et ouvre sa gueule toute grande. Nous mettons nos mains devant. Chloé verse deux verres d'alcool. Je coupe les légumes pour le repas. La seule lumière, à des kilomètres, émane de nous, de l'Ermitage. On pourrait nous repérer de loin, ne serait-ce que par la dorure sur les arbres. Mais les gens ne savent pas regarder.

À jamais, nous aurons été les étrangères. Celles dont on n'a pas su lire le regard. Nous serons celles qu'il conviendra d'évoquer par des mots tristes. Il faudra parler de nous avec des moues déçues, des murmures secrets. Celles qui n'ont pas su quel pied mettre devant l'autre pour continuer.

Nous avons été celles portées par la colère et la tristesse, et l'impossibilité de dire, le trou à la place du courage, le sommeil sur les urgences. Nous sommes celles qui écrivent des prières pour les phases de la lune. Peut-être qu'un jour, on repensera à nous avec des belles paroles, mais on se rappellera aussi comment la noirceur ne parvenait jamais tout à fait à sortir de sous notre peau, même dans les moments de bonheur.

La face de Chloé, sa maigreur d'oisillon, ça ne compte plus. Mon visage blond, ma tête pâle, peau lactée des étoiles blanches, je n'existe plus. Ta petite peau dans ma main, ta main sur ma langue, mes seins dans la nuit bleue, ça n'existe plus. Ici, nous redevenons les enfants jamais nées, des fragments de sommeil.

Nous nous saoulons. Clara me raconte comment j'étais une enfant calme et distraite. Elle avait dû me traîner par la main partout, forcer le dialogue avec les autres enfants. Nous avons ri. Clara me dit comment j'avais pris une tête de plus qu'elle, à la puberté, alors que sa force à elle s'était concentrée dans sa petitesse. Elle reconstruit devant moi quelle image renvoyait mon grand corps maigre avant d'être malade.

Elle dit que quand je parlais, mes yeux s'allumaient à la manière des phares qui guident les bateaux. Que la petite flamme qui vacillait dans mon regard rappelait les enfants dans les manèges, et qu'elle me trouvait belle.

Il faut suivre le plan.

Nous calons un dernier verre avant de nous enfoncer dans la noirceur. J'ai pris dans le cabanon le coffre à outils de mon père. Nous descendons la pente jusqu'au lac. Nous vidons la barque de son eau et la tirons sur la berge. Clara perce deux petits trous au fond en chantonnant un air entendu il y a très longtemps.

Nous décidons d'aller voir la forêt. Nous frémissons un instant en constatant à quel point la nuit, à la veille de l'hiver, est plus profonde. Mais ce qui pourrait nous vouloir du mal est invisible dans toute cette noirceur, alors nous n'avons pas peur. Nos pas font craquer la terre et les feuilles givrées. L'air est piquant dans les poumons.

Dans le lit, nous nous serrons. Nous parlons d'une même voix pour nommer ce qui ne sera plus, ce qui n'a jamais été.

Chloé sourit, de son côté du lit, illuminée.

Nous nous disons adieu, mais nous ne sommes pas tristes. C'est ce qui est le plus dur, dire au revoir à Clara. Dans la nuit, nous sommes tentées par la mélancolie. Seulement, nous savons que nous allons nous retrouver dans l'été. Clara ne parle plus. Je lui demande si elle est toujours certaine. Ses yeux s'éteignent un instant. « Je suis épuisée, Chloé. » Mais je veux qu'elle soit sûre. Du temps passe. Elle flatte mon bras, mon épaule, ma joue. « C'est impensable. Retourner là-bas, et sans toi. » Clara me regarde bien en face. « Je suis certaine. »

Le lendemain, nous sommes prêtes. C'est comme un premier jour d'école, seulement cette fois nous marchons vers un lieu qui nous prendra telles que nous sommes, nues et fragiles. Un endroit où le vent nous brisera avec grâce.

Il faut agir d'ici ce soir. Ce n'est qu'une question de temps avant que mes parents ne remarquent mon absence.

Simon et Laurence pourront attester que la chambre est vide. L'administration de la clinique pour femmes écorchées ne perdra pas de temps non plus, tous ces gens se parleront. Puis les regards affolés tomberont sur cette photo de nous deux, affichée au babillard. Sur la galerie de l'Ermitage, Clara fume une cigarette, les avant-bras appuyés sur la balustrade. Son regard est plongé dans la lentille de l'appareil photo. Moi je me berce dans la chaise en bois, ma main ramène mes cheveux derrière l'oreille. Nous sommes bien. Les gens comprendront, ils viendront empêcher nos projets de se réaliser.

Nous avons décidé de ne pas manger. De toute façon, il ne reste presque rien des provisions achetées la veille. Pour savourer quelques heures ensemble encore, nous restons au lit. La lumière blanche tombe sur nous. Clara pleure. Je ne le sens pas tout de suite. Un peu d'eau seulement s'échappe de ses yeux. C'est doux. C'est l'abandon. Tout son corps en tremble.

Aussi doucement, le sang se met à couler entre ses jambes. Les espoirs sont morts, les histoires doivent nous quitter aussi. Elle ne fait rien pour l'arrêter de couler chaud, elle sourit seulement. C'est un peu de pardon.

Moi je n'ai pas de larmes. Il faut prendre les choses comme elles viennent à nous. Nous nous rappelons à quel point nous nous sommes aimées. Pour cela il ne faut pas de mots, seulement une pression sur l'avant-bras. Tout est contenu dans les membranes roses de nos peaux, identiques dans cette dernière lumière.

Il sera impossible de définir les frontières entre Clara, Chloé et la nature. Celles qui restent se fondront dans la nuit. Il sera impossible de dire qui de nos corps ou de l'eau algueuse pèsera le plus lourd, lequel bercera l'autre. Les couleurs se mélangeront comme des encriers que l'on déverse sur la mer. Nous avons vécu le bonheur duquel on ne se relève pas. Merci pour les astres déposés dans les cheveux, merci pour les feux de joie au bout de nos jambes brunes et pour les baisers échangés sur la nuque. Nous avons sorti l'air sale de nos poumons et l'avons étendu sur le sol. Il n'y a plus rien à faire que dormir.

Et demain matin ne sera pas un jeu de cache-cache ni une histoire de porte dérobée.

Nous prenons les cachets que Chloé utilise pour dormir. Sa prescription de novembre, nous la partageons comme autrefois nous nous séparions les friandises. Puis nous buvons. Nous buvons lentement la bouteille d'alcool fort, puisqu'il ne faut pas vomir. Au bord de l'eau, emmitouflées dans une couverture à carreaux, collées l'une à l'autre. La vie aurait dû être ce cocon. Très vite, nos sens se modifient et il faut se concentrer. Il y a le plan. Nous nous levons, nous marchons vers l'eau en nous appuyant l'une contre l'épaule de l'autre. C'est difficile, c'est bon.

Nous poussons la barque à l'eau. Nous nous regardons dans les yeux. Chloé a l'air grave et de la sagesse sur le front. Clara sourit. Elle murmure : « Il ne faut jamais s'inquiéter », et nous nous déshabillons. Naturellement, l'idée est venue, et il nous semble que c'est la chose à faire. Pourrir avec la nature, disparaître, et ne rien amener du monde que nous avons connu. Nos vêtements flottent à la surface, parmi les feuilles que porte le lac.

Nous montons dans la barque. Nous grelottons. Nos poils se lèvent vers le ciel gris, nos seins se tendent. Le jour tombe lentement, et tout bleuit autour. Nos lèvres aussi, la peau lisse de nos joues. L'embarcation se déplace très doucement, avec le courant. L'eau entre par les petits trous creusés dans le bois. Nous n'avons pas peur.

Nous jetons un dernier regard vers la balançoire où Chloé s'est assise pendant des années, le foyer, la pente d'herbe bleue qui mène à l'Ermitage. La forêt. La grande forêt qui se dédouble sous notre regard. Ses sapins qui flattent les nuages et se confondent avec le ciel. L'astre qui éclaire blanc notre forêt où tout est né et mort, les bêtes, les fleurs, les amours.

La nuit tombe. Nous fermons les yeux. Nous nous prenons la main. Quand les étoiles viendront, nous serons en paix déjà. Quand les constellations se formeront dans la nuit, nous dormirons enfin, au fond du lac, notre lac.

Table

1 15
2 73
3 119

Cette excursion continentale des *Filles bleues de l'été* a été rendue possible grâce à la rencontre impromptue d'un Cheval d'Août et d'un destrier barbare civilisé. Elle a pris naissance sur les hauteurs enneigées de Chicoutimi, a ouvert une voie des lacs canadiens aux mers intérieures d'Europe, et a vu le jour grâce au travail des imprimeries Normandie Roto d'après un sentier tracé par Cheeri, en sabon et en fedra mono.

ISBN : 978-2-4932-1306-8

Imprimerie Normandie Roto Impression s.a.s.
Dépôt légal : août 2022. n° 151476 (2201506)